风涛

[日]井上靖 著
覃思远 译

重庆出版集团
重庆出版社

FUTO
by INOUE Yasushi
Copyright © 1963 by The Heirs of INOUE Yasushi
All rights reserved.
Originally published in Japan.
Chinese (in simplified character only) translation rights arranged with
The Heirs of INOUE Yasushi, Japan
through THE SAKAI AGENCY and Beijing Kareka Consultation Center, Beijing.
Simplified Chinese translation copyright © 2020 by Chongqing Publishing House Co., Ltd.
All rights reserved.

版贸核渝字（2018）第170号

图书在版编目（CIP）数据

风涛 /（日）井上靖著；覃思远译 . —重庆：重庆出版社，2020.1
ISBN 978-7-229-14422-7

Ⅰ．①风… Ⅱ．①井… ②覃… Ⅲ．①长篇历史小说—日本—现代 Ⅳ．① I313.45

中国版本图书馆 CIP 数据核字（2019）第 204538 号

风涛
FENG TAO

［日］井上靖 著 覃思远 译
责任编辑：魏雯 许宁
装帧设计：谢颖设计工作室
责任校对：刘小燕

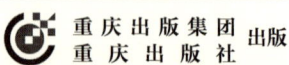

重庆出版集团 出版
重庆出版社

重庆市南岸区南滨路162号1幢 邮政编码：400061 http://www.cqph.com
重庆出版社艺术设计有限公司 制版
重庆豪森印务有限公司 印刷
重庆出版集团图书发行有限公司 发行
E-mail:fxchu@cqph.com 邮购电话：023-61520646
全国新华书店经销

开本：890mm×1230mm 1/32 印张：8.75 字数：146千
2020年1月第1版 2020年1月第1次印刷
ISBN：978-7-229-14422-7
定价：59.80元

如有印装问题，请向本集团图书发行有限公司调换：023-61520678

版权所有 侵权必究

目录 / Contents

第一部

002　　第一章

028　　第二章

059　　第三章

092　　第四章

119　　第五章

139　　第六章

第二部

160　　第一章

187　　第二章

218　　第三章

238　　第四章

259　　译后记

263　　附录　井上靖年谱

第一部

第一章

高丽①太子倎因要前往蒙古入朝而携带降表离开江华岛，是西历一二五九年四月二十一日的事。其实本应由倎的父亲高丽王高宗②前去入朝——蒙古方面也一直这么强硬要求，但高宗时年已六十八岁，年老体衰，加之在与蒙古军持续多年的抗争中早已心力交瘁，身体已如风中残烛，因此只能由太子倎替父前往。

---

①新罗末期动乱期间松狱部(开城)出身的豪族王建(877—943)曾是自号为"泰封王"的巨豪弓裔的部下，918年他推翻弓裔自立为王，建立高丽国。至1392年被李朝太祖李成桂(1335—1408)所灭前共持续了三十四代，约475年。

②"高宗"为其逝后的庙号，此处采用原文中的称谓。高丽第十三代国王(1213—1259年在位)。适逢高宗时代，蒙古灭了金，占领了满洲、华北后又继续征讨大宋。崔氏专权的高宗十八年(1231)，蒙古大军渡过鸭绿江侵入高丽，迅速包围开城，降服了高丽。蒙古军撤退后，高丽担心再遭蒙古入侵，将都城从开城迁往江华岛。在崔氏的指挥下，王公、百官们将各种财物装到船上逃入江华岛。蒙古把这一迁都行为视为高丽背叛，在高丽王室走出岛屿表示屈服之前的二十多年时间里，数次侵略高丽，蹂躏整个半岛。1258年，高宗剿灭崔氏，次年派李倎离开江华岛前往蒙古讲和。

俤率领参知政事①李世材、枢密院副使②金宝鼎等四十余名随从，一大早便出了内城的北门，在蜿蜒于小丘陵之间的泥泞道路中行进了大约十多里，终于来到了岛北端的山里浦，由此乘船进入了汉江的河口。江华岛和本土之间的水域以这一带最为开阔，汉江的水流与海潮交汇于此，两岸之间翻涌着墨绿色的波涛，遥远的对岸隐约可见。与此相反，岛的东海岸与本土则完全是一衣带水、呼应可闻的距离。蒙古军每年入寇至开京附近时，都会登上位于水域最为狭窄逼仄的文殊山，隔江俯瞰江华岛，那时万千旗帜在风中猎猎作响，动人心魄。

俤和随从们渡江过到对岸的升天府，从那里开始，由早已等候在此的一支蒙古部队护卫着，沿着业已荒芜的国土北上。从升天府到开京有二十多里的路程，道路和岛上的一样泥泞不堪，马只能在没到了膝盖的泥水之中艰难跋涉。田野荒芜，所经村落中不见丝毫人烟——通常只要一看到蒙古兵的身影，本土的居民就会慌忙躲进山里或是逃往海岛，因而此时要想在村落里看到半个人影几乎是不可能的。

---

①高丽当时设中书门下省为最高政务机关。其长官为中书令和门下侍中。前者任命的是王族成员，后者则作为宰相掌握实权。其下还设次官中书侍郎、门下侍郎。参知政事作为宰相的辅佐官位列其次，属从二品官。

②枢密院和中书门下省、尚书都省一起都是当时的最高权力机构之一，掌管军权。其长官为枢密院事，枢密院副使次之，为正三品官。

一行人在当日夕阳的余晖中进入了旧都开京。虽说是旧都,但这里才是高丽本来的都城,而江华岛的都城江都,则是为了躲避蒙古军的侵袭而临时设置的都城。开京城内外到处都是蒙古的士兵和战马。王城、寺院、民家,全都成了兵舍,但凡是有水的地方也必定都建起了马厩。倎曾在开京王城中生活,直到十四岁时才离开。每每想到这里,他就不禁感慨万千,国土遭受蒙古铁蹄蹂躏的这段岁月是多么的漫长啊!——现在太子倎已经四十一岁了。在业已废弃的各个房屋前后,连翘那黄色的花朵依旧盛开着,这让倎心旌摇曳——这可是他记忆中仅存的属于旧时都城的东西了。

在开京停留了三日,一行人才得以继续前行。有时几乎彻夜不眠地持续北上之旅,有时又长时间地滞留在那些不知名的村落中。渡过大同江进入西京(平壤)已是五月初了。西京附近往北一带都成了蒙古兵的驻地,这里的景象已大为不同。民家中可以见到居民的身影;街道上店铺林立,极为繁盛。驻屯在这里的蒙古部队构成繁杂,有契丹人①,女真人②,

---

①蒙古种族的一个分支。四世纪以来在西拉木伦流域(现在的内蒙古自治区)游牧,游荡于突厥、回鹘和中国之间,在实现部族统一之后,十世纪初成功占领中国北方,建立大契丹国(辽)。之后维持了两个世纪的统治,1125年为女真族政权金所灭。

②居住在中国满洲(东北)东半区的通古斯系半农半猎的民族,是辽、宋以后的名称。十二世纪初建立金国。控制了满洲、从蒙古到华北之间的地区,1234年第九代时为蒙古军所灭。

也有归附了蒙古的高丽人。街上的居民们也是如此。街头巷尾可以听到招揽顾客的商人们那吵闹的声音。那些奇特的声音夹杂在高丽人独特而尖厉的嗓音之中，很难听出它们到底来自何方。

他们进入了义州，又渡过了鸭绿江。鸭绿江一过，景致更是大变，完全是异国他乡的感觉了。正午还如盛夏一般酷热，早晚时又带有秋日的凉意。从义州开始，他们每日都在赶路。自己正奔赴的蒙古大汗蒙哥①的所在地是个怎样的地方，偀对此一无所知。自己会被带到蒙哥所在的蒙古首都和林王宫中，还是与宋国交锋的战场上？他完全猜不透。就连领着他们赶路的蒙古武将到底知不知道也很难说。毕竟每经过一个驿站他似乎都要接受新的指令。

到达东京（辽阳）已是五月十八日。进入东京前需要渡过虎川。时值天降大雨，水流湍急，李世材上奏提议说等水退后再走，但偀急着赶路，主张强行渡河。带路的蒙古武将也同意偀的主张。进入东京之后才发现城里驻扎着一支数量庞大的军队，他们明日就要往高丽进发了。

将五十斤白银、银樽及银缸各一个、酒水瓜果若干赠与了军队的指挥者也速迭。第二天十九日，偀见到了也速迭

---

①这里指蒙古帝国第四代皇帝元宪宗（1251—1259年在位）。成吉思汗末子拖雷的长子。元忽必烈的兄长。

儿。这个肥头大耳、半边脸都被浓密的胡须覆盖的蒙古武将开口便问：

"大汗现正率军亲征宋国，至于征服尔国之事已交由我等处置。我等正要发兵呢。你们为何事而来？"

佺回答道：

"我们高丽国眼下全仰仗着大汗和将军您的大恩大德才得以苟延残喘。我等此行是为了觐见皇上，表达臣服之意才远道而来的，在这个节骨眼上，还请将军您暂缓用兵。"

也速迭儿厉声说道：

"我就问你，你们王京是不是已经撤出江都了？"

其实不仅是此时，在蒙古入侵期间，高丽朝廷撤离江都一事都是蒙古一方必定会提出的要求，这一惯例已持续多年。

"州县的居民都已离开江华岛，王京倒是还留在岛上，不过那是在等大汗的命令，随时都可迁都。"

佺解释说。但也速迭儿随即表示，既然王京还在岛上，那么部队断无停止进攻之理。于是佺又说道：

"将军您不是说过嘛，只要太子入朝就停止入侵，所以我现在才来到这里。如果将军坚持发兵，高丽的平民必定会因恐惧而四下逃散，到头来再怎么下谕也无人听从了。到底将军说的话算不算数？"

也速迭儿无言以对。他沉默片刻，觉得俺言之有理，于是答应停止发兵，只留下一小股部队前去拆除江都的城墙。

翌日一行人便离开了东京。之后一路上都是荒芜地带，只有杂乱的小草在乱石间生长。再往后就进入了山区，越过了万里长城，不久之后就到了燕京（北京）。但他们没有进入燕京城内，只在城外住了一夜便启程了。接下来一路都是久违了的平原，四下里望去都看不到山的影子。平原似乎无边无际。十多天后他们进入了高原地带，不久波状起伏的小丘陵又渐渐地变成了裸露出岩石的层层叠叠的山峦。

渡过浑浊的黄河、进入洛阳的时候，俺才终于得知，自己这一行人是要沿着黄河南岸前往京兆府（西安），再经此继续西行去往六盘山（甘肃省隆德县）。六盘山是个怎样的地方？他想象不出来，但它作为蒙古的初代大汗成吉思汗驾崩的地方而为人所知，据说太子俺将要朝觐的大汗也要前往。也就是说，俺这一路跋山涉水就是为了前去觐见离开四川战场前往六盘山的行所避暑的大汗。

到达六盘山已是九月初。离开江都四个多月之后，一行人才终于在渡过鸭绿江之后过上几天不用在马背上颠簸的日子。六盘山是一座小城，位于同名的一座山的山脚下，街道上兵马熙熙攘攘。但进城之后,傔隐约感觉到蒙古军的阵营里似乎发生了什么大事——城里的歌舞、游兴、饮酒都被禁止了,既没有开拔的部队,也没有进城的部队,这与傔之前所经过的任何一个城市都不一样,驻屯在这里的部队的动静隐隐有些异常。不过,队伍中为何会出现这些征兆,士兵们并不清楚。他们也和傔一样,觉得肯定自己的阵营中必定有什么不寻常的事情发生了。

进入六盘山第五天后傔才知道,原来自己要在这里等待会面的蒙古大汗蒙哥已于七月十六日在位于合州(四川省合川市)钓鱼山的行所驾崩了。蒙哥去年年末起就亲自率军与宋军对战,今年还包围了合州城,但由于染上重疾,终于倒在了阵中。

傔在六盘山滞留了一个月之后,又原路折返回了河南。这是因为要接受降表的蒙哥驾崩了,于是只能前去拜谒他的弟弟忽必烈。所有人都认定了忽必烈就是蒙哥的继承人。不知道此行是否能够见到,但大家都认为忽必烈此刻应该刚结束在湖北的战斗,正在北上,于是傔就想在途中遇见他。这不仅是傔一个人的想法,也是护送他的蒙古武将的想法。

但一行人就得在京兆府、潼关都分别滞留数日了。忽必烈依然在湖北战场,没有要动身的意思。进入河南之后,傔一行人在河南的古都度过了一个多月的时间。时值菊花盛开的季节，寺院里、居民们的后门，四处都是或黄或白的菊花，香气飘满了古都的大街小巷。

十一月末，传闻忽必烈这次当真要中止湖北的战事准备北上了，于是一行人赶往忽必烈北上必经的开封。在走到离开封约两天路程的一个无名小村时，终于遇上了北上而来的忽必烈的部队。这支队伍的庞大是倎迄今为止从来不敢想象的。大队的人马陆续穿过倎所停留的村落，兵马几乎终日不断。指挥官忽必烈的轿舆在骑兵队的护卫下进入村庄时，倎就站在村子的入口等着迎接这位大名鼎鼎的已故大汗的亲弟弟。倎头戴软角乌纱幞头①，身着宽袖紫罗的长袍，腰系犀牛鞓腰带，手持象笏，奉币站立，随从手下也都各自穿着品位官服。忽必烈似乎已知道是高丽的太子在迎接自己，于是让一部分队伍留在了村中。

倎在一家小小的农户的后院里拜谒了忽必烈。这是一名四十五岁的武将，一张圆脸，对于蒙古人来说皮肤算是比较白的。双眼大而细长，瞳孔乌黑，看着倎的时候脸上满是笑意。他须髯浓黑，略泛金色。一身甲胄紧紧包裹着他那庞大的身躯。

天气寒冷，但沐浴着闰十一月的阳光还是让人感觉到了

---

① 用黑色的纱做成的圆角帽子。软角指圆角，乌纱即薄绢。

暖意。在倎看来，忽必烈是一个性情温和的人。在他呈上父王委托他递交的降表时，忽必烈的脸上露出了喜悦的神色。他对远道而来入朝的倎表示了谢意：

"高丽远在万里，唐太宗时虽曾亲征，但无论何种武力都没能将其征服。现在此国的太子竟亲自来归顺于我，这真是天意！干戈相交的日子已成过往，旧时代已经终结，从今往后两国要世代交好，永远亲如一家，永世和睦相处下去！"

听到这番话，倎顿时觉得心底涌上了一股暖流。他一直听说蒙古合罕的人选将由蒙古的王族与重臣们召开大型集会决定，此刻的他多么希望蒙哥的继承人就是自己眼前这位温和慈祥、远比这片土地上的任何人都要聪明的伟丈夫啊！

和倎约好在燕京再会后，忽必烈便匆匆结束了短暂的第一次会面，之后立即和部队一起离开了村子。忽必烈走后，倎一时半会都没能从心灵像被麻痹了似的陶醉感中觉醒过来。恶鬼般的蒙哥去世了，自己做梦都不曾预料到的新蒙古掌权人出现了！倎对蒙古多年的仇恨和愤怒深入骨髓，这是无论什么都无法稀释的，但也正因如此，在见过忽必烈之后他的内心反而有了预想不到的感受。

倎一行人跟随忽必烈的部队后北上而去。从渡过黄河时开始，和忽必烈的部队之间就有了距离，而且那距离转瞬间就被拉大了。忽必烈所率领的大部队以几乎让人难以置信的速度穿越河北平原向北飞奔。

忽必烈的部队在闰十一月的二十日进入了燕京，而倎这一行人则晚了半个月，于十二月初才入了城。进入燕京之后倎就没有见到蒙古的任何一位高官，也没有收到任何让他前去见面的指令。他觉得忽必烈应该已经身在燕京了，却没有听到任何消息。倒是一直有命令传来，再三让他更换住所，倎也因此知道自己其实并没有被他们所遗忘。

年关过了之后，几乎每日都能从住所的窗户看到外面在下着雪。天气极为寒冷，连门也没法出了，于是倎干脆心安理得地每天过着闭门不出的生活。就在这时，倎听说在蒙哥去世之后，蒙古国内因为立嗣的问题而起了争端。蒙哥南征期间留守在都和林①的阿里不哥②在蒙哥驾崩后就开始自称大汗，这让忽必烈极为愤怒。忽必烈是蒙哥的二弟，阿里不哥是三弟。正因如此，蒙古的皇族、重臣们都无暇理会高丽太子。

---

①即喀剌和林。位于外蒙古中央向北流动的鄂尔浑河右岸，现在的西和林附近的额尔德尼昭。窝阔台将之定为蒙古国首都，一直持续到蒙哥时代。

②成吉思汗末子拖雷的第七子。宪宗蒙哥、忽必烈的同母弟（母亲是克哩特人出身的唆鲁禾帖尼）。蒙哥死后，和兄长忽必烈争夺王位，在1262年的昔木土脑儿之战中败北，又于1264年被元朝降服，两年后在大都（北京）死去。

二月中旬的某一天，从忽必烈派来的使者那里，僙获知了父王驾崩的消息。使者名叫洪茶丘，是一个十七岁的少年。看到洪茶丘第一眼僙就想起来了，前一年在开封南方那个村中遇见忽必烈时，出现在忽必烈左右的就是这个少年。这是一个脸形细长、眉清目秀的少年，无论是初次见面时还是今天再次相遇，僙都感觉到，这个少年身上有一种格外引人瞩目的东西。这少年不是蒙古人，也不是别的什么民族的人，他的体内显然流淌着高丽人的血液。他的眼里闪烁着清澈冷静的光，额头透出一种绝非少年人能有的冷静，耳朵的耳廓很薄，嘴唇几乎没有血色，所有这一切都给人以拒人千里之外的冷酷感。就像是要亲自证实僙对他的这种印象一样，从洪茶丘嘴里说出的话语也表明了他就是一个不祥的使者。少年挺着胸挪到僙的面前低声说道：

"我叫洪茶丘，是蒙古最高统治者的使者。"

这是僙第一次听到洪茶丘的声音。——我是代表忽必烈来的，快低下你的头！那简单的话语里似乎包含着这种威压。僙于是把头低了下来。然后，洪茶丘那丝毫听不出夹杂有任何情感、不带任何抑扬顿挫的声音在他头顶响起：

"传陛下旨意：去岁六月三十日，汝父王已于江都驾崩。惊闻噩报，朕不胜悲痛。唯慰令公子已作为权监国事①统领

---

①君主不在朝时暂时监管国事的官职。

国政。务请殿下节哀顺变。"

只说过这番话洪茶丘便转身离去了。对父王的死讯,倎并未感到特别震惊,因为他早就有了心理准备。去年六月父王离世的消息居然历经八个月才传到了这个国家,此事确实有点可疑,但细想一下,或许是本国原本计划在自己归国之前秘不报丧,但由于自己的归期比预想的晚了太多,实在无法再隐瞒下去,于是只好公布了。

倎很是思念父王去世之后的祖国,但由于身处异乡无可作为,且自己身为长子,听到已逝高宗的嫡孙、二十四岁的谌在统领国政,想到谌那白皙的脸庞和那超越年龄的沉稳,他略感安心。

倎和手下们服了三日的丧。等他刚换下丧服,像是一直在等着他做完这些事情一样,忽必烈的使者就来了,将倎带到了忽必烈的寝殿。和之前的会面不同的是,这次忽必烈是要以蒙古的代理合罕的身份,正式接见前来呈递臣属誓状的高丽太子。

倎被带至深邃的宫殿大厅,在那里见到了身着华服的忽必烈。忽必烈在席上以郑重的言辞对高宗的死表示哀悼,并对他表达了歉意——在倎滞留的大约两年间,蒙古国内外发生了太多的事,为此没能隆重接待远道而来的客人。

宴席开始了。酒宴间,一些不常见的乐器被奏响,美妙

的音乐在席间流淌。而忽必烈那厚重、掷地有声的声音就从乐曲当中传了过来:

"太子归国后也许就会成为高丽王,蒙古合罕的人选应该也会在近日宣布。也许蒙古和高丽会同时在新王的统治之下立国。不知因为何种宿缘,长久以来作为仇敌互相争斗的两个国家的王不约而同地在去年驾崩了。干戈相交的旧时代已经结束,携手共生的新时代即将到来。等不久之后新帝确定下来,就要安排诏谕的交接了。虽然很想请你永远住在我们国家,但贵国也需要太子早日归国。既然如此,等天气转好了你就上路吧!"

倎虽然仍处于丧父之痛之中,但跟上次会面一样,他的心里有了一种类似于陶醉般的感觉。也许从今往后高丽不会再被蒙古兵蹂躏了,那些日子真是阴暗得恍如噩梦啊!

倎想即刻归国,但雪还没停,所以不得已又在燕京停留了几日。其间,蒙古对倎的待遇与之前截然不同。从谒见忽必烈的那天开始,他的住所就变了——他被安排住进了与先前完全不同的宫殿里的一间房。这里有很多侍女和近侍服侍,食物也奢华得让人不敢相信自己的眼睛。

二月二十五日天气转好,倎从燕京动身了。护送倎回高丽的蒙古警卫部队扛着高丽的旗子。同样在这一天,忽必烈离开了燕京,前往即将决定新的蒙古合罕的集会举办地开平府①。两支队伍从同一个城门出去，却各自走上了不同的道路，朝着各自的方向前进。

倎想早日踏上故国的土地，于是夜以继日地赶路。三月初时终于渡过业已冰冻的鸭绿江，进入了故国。国土依旧荒芜，田地大半化为了荒野，原野上几乎每天都飘舞着雪花。回到江都已是三月二十日。进入江都之后的他，心里又平添了几分对已过世的父王的哀伤，但也隐约感觉到了某种希望。此时雪已经消融了，众多老树绽放新芽的春天很快就要到来了。

四月九日，蒙古发出的国书送达高丽。在让太子倎去蒙古朝拜之前，死去的高宗曾将使者朴希实派往蒙古，并向蒙古的先帝蒙哥提出了几个要求，以此作为投降的交换条件。对此，当时蒙哥的回复极其暧昧。而这次的国书中，高丽之前提出的条件几乎都获得了许可。即，把所有驻屯在高丽的蒙古部队都撤走，对于被蒙古抓住或是逃往蒙古的高丽人，毫无遗漏地进行彻查，在让他们写下誓言的前提下放还。还有，在驻留军撤离时，哪怕有人抢了一针一线，也要立即处斩。高丽的这些要求都得到了满足。显然，忽必烈的关照在

---

①位于内蒙古滦河上游、多伦脑儿西北约36公里。蒙古汗的夏都。1256年由忽必烈建造，1265年北京作为大都建造后被称为上都，是元朝历代皇帝的避暑地。

其中起了很大的作用。

四月二十一日,倎接替死去的高宗坐上了高丽的王位,是为元宗。而在倎去往蒙古期间守护国家的谌则成为了太子。三月下旬,在倎成为高丽王稍早之前,身处蒙古的忽必烈被其族人推选出来,继承了合罕位。高丽的新王知道新帝忽必烈即位的消息是在四月二十九日。他是从蒙古使者的报告中获知的。

元宗在听闻此事当天即任命自己的叔父、王族永安公僖作为忽必烈即位的贺使,让他即刻从江都出发。这一措施略显慌忙,但元宗为了展示自己的诚意也只能这么做了。他让永安公僖带上写着感谢之辞的诏书,作为对之前收到的那封洋溢着蒙古的深情厚谊的国书的回复。

——恩灵汪洋,寤寐感悦。虽慈母钟怜于季子,过此何能。自小臣及于后孙,以死为报。

对此,忽必烈连续发来了三封诏书。最早的一封于八月十八日抵达江都。

——衣冠从本国之俗,皆不改易。行人惟朝廷所遣予悉禁绝。古京①之迁，迟速量力。屯戍之撤，秋以为期……朕以天下为度，事在推诚，其体朕怀，毋自疑惧。

想想先前蒙古那苛刻的要求，这无论如何都算是令人难以置信的宽大的措施和言辞了。蒙古兵在秋天之前就会撤离，再也不会出现在这个国家了。而蒙古多年所要求的迁都事宜也可以根据实际情况来执行了。

接到这封诏书时，元宗猛地从座位上站起身来，冲进自己的房间号啕大哭。他的痛哭持续了很久。父亲高宗在没有获取新帝忽必烈的诏书之前就去世了。想到一生都被蒙古所折磨的父王，他忍不住悲从中来。

对于高丽来说，过去的三十年就像一场持续的噩梦。蒙古真正开始进攻朝鲜半岛是在窝阔台继承成吉思汗之位、成为蒙古合罕之后开始的。而成吉思汗是从蒙古的一个部落起步，逐渐成为全蒙古的首领的。在他的一生中，讨伐金国②，占领黄河以北的土地，灭西辽，入侵花剌子模③，席

---

①指开京。

②1115年以女真族为中心建国，位于北满洲的哈尔滨的东南。之后持续南下，在成吉思汗降生的当时与南宋对立，使中国分为南北两部。

③又称花拉子模。位于阿姆河下游的肥沃的三角地带。是当时文化交流的据点。

卷中亚大地，又挥戈向东灭了西夏①。在数次进攻金国的途中他患了病，后驾崩于甘肃省六盘山以南。

那之后第三年，也就是一二二九年，窝阔台即位。他在位十三年，不能说很长，但在位期间，他继承了成吉思汗的遗志，灭掉了蒙古多年的宿敌金国，又对宋发起了进攻。而在此次大战进行的同时，他还发兵攻打辽东那墙头草一般、时而反叛时而臣服的金的残存势力，在将其平定之后，渐渐地把侵略的魔爪伸向了朝鲜半岛的高丽。

高丽在此之前的成吉思汗的时代有一段时期也曾向蒙古纳贡，但这并非只是因为怯于蒙古的武力。但在窝阔台②即位三年之后，蒙将撒里答突然出现在了半岛的北部，其对高丽动武征服的野心昭然若揭。很快地，从那年秋天到第二年冬，撒里答所率领的蒙古兵攻下了高丽西北部的十多座城池，并在安州打败了北上前来驻防的高丽军。之后撒里答麾下的三支部队更是推进到开京城外，逼迫高丽投降。西历一二三一年，即高宗十八年，此时太子倎才十三岁。高丽不得

---

①1000年时河西地区分为吐蕃族控制的凉州、回鹘族控制的甘州、属于汉族的沙州。1028年李元昊进攻甘州和凉州，1038年称帝，国号定为大夏。由于它地处宋的西北，因此宋朝人称之为西夏。

②窝阔台（1186—1241），蒙古国第二代皇帝元太宗。太祖成吉思汗的第三子。重用耶律楚材等整顿中央行政机构，调查人口，制定税法，在鄂尔浑河流域建了喀剌和林作为都城等，打下了蒙古帝国的基础。另外，他还灭了金并远征南俄罗斯和欧洲。

已表示了臣服，献上了大量的金银财宝，被迫允许达鲁花赤①进驻西京（平壤）以北的十四座城。达鲁花赤是监察占领区的民政事务的蒙古官员的称谓，当然该占领地所有事务的权利都归属于达鲁花赤。

撒里答当年就留在了半岛上。第二年，即一二三二年春又在开京以下的各个州府设置了七十二名达鲁花赤，之后才陆续撤离了半岛。但身在辽东的撒里答却又强行要求在都城开京也设置统领高丽全国事务的达鲁花赤。他任命契丹人都旦负责，并把他派到了开京。都旦赴任没多久，就命令高丽进献水獭皮一千张，并强迫高丽国王以下的诸王、公主、郡主、大官人②交付童男童女五百以及众多工匠，以充作秃鲁花（人质）。高宗把使者派到辽东的撒里答处，表示水獭皮可以按要求进献，至于秃鲁花，鉴于本国的窘状，实在难以做到，还请宽恕。撒里答大怒，把使者赶离了漠北。

对于蒙古提出的这等过分的要求，高丽的君臣们实在难以忍受，于是大家决定叛离蒙古，把都城从开京迁到了不远

---

①蒙古帝国和元朝的官职名。蒙古帝国建立后，起初成吉思汗将之作为自己的代理官员设置在中国、中亚的农耕文化地带。它具有占领区统治官、城市行政官的性质，主要负责民政、户口调查、贡纳征收和运输、驿传、警戒监察等。元朝成立之后，达鲁花赤在元朝行政机构中形成制度化，在地方行政机构如各路总管府、府州县及军官的万户府、千户所中几乎都设有达鲁花赤。除了部分色目人（西域人）之外，几乎任命的都是蒙古人。

②身居高位的官员。

的江华岛。又让各道的百姓都前往山中或是海岛上避难。高丽兵也对进驻北边各城的达鲁花赤发动了袭击。

这年秋天,撒里答率大军侵入半岛北部,派使者到江华岛要求高宗离岛。江华岛天然地形险峻,易守难攻,没有海战知识的蒙古部队根本无从下手。高宗没有答应。不久撒里答开始出兵。他从都城开京南下,攻陷了汉阳山城(京城),迫近龙仁城,在那里被高丽的一名僧侣从城内射出的箭射中身亡。在这场战役中,八公山符仁寺所收藏的高丽国宝——《大藏经》的经版①被越过小白山脉进入半岛东南部的蒙古的一支部队焚烧殆尽。

由于指挥者撒里答已死,蒙古兵无奈只得从半岛撤离。但在一二三五年,蒙将唐古又率兵出现在半岛上。唐古的部队没有试图与江都的官员们进行任何交涉,只是尽情地蹂躏着半岛全土,时间长达六年。庆州皇龙寺塔被烧就发生在此期间。

国土荒废得难以用言语形容,终于在一二三九年十二月,不堪蹂躏之苦的高宗让王族新安公佺,以及王族的子弟

---

① 大藏经是佛教圣典的总称,是包含了经、律、论以外还有注释书的丛书。除了梵语、巴利语还有西藏、蒙古、满洲、汉译版本,汉译版最多。又称为一切经、藏经、三藏圣经等。经版是作为大藏经印刷的基础的版木。为了守护国家,从高丽第八代宪宗时开始到第十一代文宗时代止,花费了六十年的岁月和巨大的财力、劳力才制成的。

十人前往蒙古入朝，更在一二四一年把王族永宁公绰作为人质送往蒙古，虽然这只是权宜之计，但也不失为逃避劫难的一个方法。但在一二四六年七月贵由大汗①即位之后，以高丽君臣们依然没离开江华岛为由下令出兵，于是半岛又被蒙将阿母侃所率大军的马蹄肆意践踏。

贵由大汗在位三年便驾崩，之后蒙哥继位。蒙哥也逼迫高丽王离开江华岛并迁都，听闻对方不从，当即任命属于蒙古王族的也古为主将发兵出征半岛。高宗和蒙古军交涉，表示等其一撤退就让弟弟安庆公淐入朝。

但蒙哥并不满足于只让高丽王族中的一员入朝，他任命札剌儿带为征东元帅大举进攻半岛。这次侵略从一二五四年开始，在蒙哥驾崩前长达六年的时间里都在断断续续地进行。札剌儿带第一次出现在半岛这一年的事迹记载于《高丽史》中。

——蒙兵所虏男女无虑二十万六千八百余人，杀戮者不可胜计，所经州郡皆为煨烬，自有蒙兵之乱未甚于此时也。

---

①蒙古国第三代大汗（1246—1248年在位）。窝阔台的长子。即位之后，重振窝阔台晚年以来废弛的政务，还决意进攻南宋，镇压高丽的反蒙古运动以及远征波斯。在位三年后病逝。

自此开始，比这更残酷的事情便年复一年出现。侵略军每年秋天到来之后，通常会将稻谷尽数收割，在全国大肆劫掠，抢走无数男女老少，杀死胆敢反抗之人。于是每次蒙古兵到来时，百姓们，包括城里的守兵们都只能弃城逃往山中。

一二五七年，江华岛上的高丽王高宗终于决定服从蒙古大汗的臣服要求。他先是让弟弟安庆公淐入朝蒙古，紧接着又把将军朴希实也派往蒙古。当年十二月淐离开江都，一年之后，也就是在淐回国后第二年一二五八年十二月，朴希实出发。淐和朴希实都是为了就降服条件进行斡旋。但这一年江都的高丽王朝围绕着是和还是战的问题一直摇摆不定。由于一个突发事件，常年掌握实权的主战派武官崔氏一族意外覆灭。在崔氏被除掉之后，高宗才终于能够自主采取行动。为了尽快达成投降事宜，才有了太子倎的奉降表入朝一事。

倎离开江华岛两个月后，蒙古兵一侵入岛上就立即把城毁了。在渐渐变得炽烈的夏日阳光中，在受蒙兵指挥的高丽民众的手中，江都的内城和外城的主要部分都被悉数毁坏。在这种纷乱喧嚣之中，六月三十日的傍晚，高宗薨逝了。对高宗来说，他没有过上一天安稳的日子。

蒙古新帝忽必烈下达给高丽新王元宗的诏书中所记载的

事情没有一件是虚的。所有事情都按诏书的要求执行了。放还逃兵和俘虏一事在诏书下发之后没过多久就实现了。被抓到或是主动移居蒙古的四百四十户高丽人很快就被送回了高丽。此外,派到蒙古祝贺新帝即位的王族永安公僖八月回国了。僖把自己在西京(平壤)亲眼看到蒙古兵正在有序撤离一事报告给了元宗。

元宗依然住在江都。旧都开京完全荒废了,宫殿也因长期沦为蒙古兵的营舍而毁得不成样子,所以在还都之前必须先修筑宫殿。宫殿建造一事本该由作为达鲁花赤滞留在开京的蒙将休鲁台负责,但他也在接到本国的命令之后就撤走了。从休鲁台的撤退开始,高丽王在时隔三十多年之后第一次迎来了完全从蒙古的威胁下解脱出来的日子。

元宗所考虑的是,要等宫殿的建造和街区的重建都完成之后再迁都开京。忽必烈关于迁都的那封诏书之中有一句是"迟速量力",照他的理解,其中还有余地,可以看情况去实施。实际上还都一事也不是不急,但作为元宗来说,他需要首先着手解决的事情可以说是堆积如山。所有的耕地和山林都荒废了,所有的河堤也崩塌了,大部分人都失去了自己的家园。到冬天不知道有多少人将会饿死、冻死。蒙将休鲁台在监督修造宫殿时,强制征集了成百上千个民工,不分昼夜地让他们承担着高强度的劳动。随着休鲁台的离去,所有的民工都散了。面对着即将到来的冬天，他们首先最需要的就是一份能够糊口的工作。

元宗二年，即一二六一年的春天到秋天，开京的营建工作虽然依旧进行，但进度十分缓慢。开京那修了一半的大路上，到处都躺着饿死的人，十字路口都是成群结队的乞丐或盗贼。这一年的十月，忽必烈的诏书下达高丽。要求统计户籍以便为征召农民参战、运粮和补充兵源作准备。即为了保证紧要关头能迅速实行征兵、运粮、补充兵源而制作户籍。在第二年的一二六二年二月发来的诏书中记载了需要朝贡的物品名称。其中提到了"鹞子"（鸟嘴鹰）一项。但鹞子不是马上就能到手的，只好进献了其他的物品。谁知过了半年，忽必烈又来诏责怪高丽拖延了鹞子的进贡，于是又命高丽进献好铜二万斤。

在高丽，没有人知道好铜是什么金属，问了蒙使才知道那是黄铜。元宗立即派使者觐见忽必烈，就鹞子进献迟缓一事致歉。上奏文书中说：高丽地处鸭绿江以南，并不出产好铜，本邦现有的都购自汉人。违背圣旨，不胜惶恐，但二万斤这一数量着实为难。此次献上六百二十斤，虽然略少，但还请笑纳云云。

忽必烈的回复很快就下来了。内容大致如下：朕已听从卿之奏请，衣冠不强令从蒙古风，允许依照旧时；已撤回蒙古军，前往海岛躲避战乱的人民已遣送归国，俘虏也已放还。但就进献珍禽一事，卿并没有展示诚意，仅献了一点好铜并百般狡辩，此等借口托词很难让人相信。如果连此等小事都不听命于朕，很难期待卿能守大节。我蒙古对于属国一向都有严格的要求，如交纳人质、组织百姓建立运输队、战时输送粮食、补充兵源、年年进贡不得懈怠等。高丽只让永宁公绰入质，除此之外再无其他。因此，务须即刻履行此项义务。

元宗立即派使者奉书上奏，表示今后绝不再违反敕令，但还都、籍民、输粮等并没提及。实际上也没法提。因为国家依然处于极度疲敝的状态，流亡百姓一年比一年多，想让高丽立刻按忽必烈要求的那样组织起来是不可能的。

忽必烈似乎对元宗的书信很不满意，他没有作出任何回复，把使者赶了回来。元宗立即写了一封极为详细的长信，向忽必烈仔细说明了高丽国内的状况，并恳求说，作为新附的国家，希望能延缓履行职责。元宗想，曾经会过两次面的忽必烈肯定能理解自己的立场。高丽的朝廷中有很多人坚持认为忽必烈和之前的蒙古大汗并没什么两样，但元宗却不这么认为。每次想起忽必烈那温和的脸，元宗都能回忆起那两次会面时心头涌起的那种难以名状的陶醉感。终于，忽必烈发来了回诏。这次的措辞很是宽宏大量：

——朕向以细事见卿心之未孚,是故有责备之报。今兹来复,候生民稍集,然后惟命。辞意恳实,理当俞允。凡百所言者能践与否,卿其图之。

两年之后的一二六四年,忽必烈下诏说,即位五年以来,阿里不哥之乱已平息,故拟让王公、群牧①前往上都(开平)朝会,望卿也来行朝见之礼云云。对高丽来说,让国王前去入朝是前所未有的,何况蒙古真意难测,于是很自然地就是否听从忽必烈命令这一问题各方争执不下。但在宰相李藏用的劝导之下,元宗还是决定入朝。

元宗于八月十二日离开江都,十月一日在燕都的宫殿中拜谒了忽必烈。他接受了相当于蒙古诸侯的礼遇。曾经的燕京(北京)从忽必烈即位以来就被叫做燕都,和上都一样,这里也建有忽必烈的王宫。按诏书所说,朝会是要在上都举行的,但不知为何,这次没有选在上都而是在燕都举行。忽必烈和以前一样,始终以温和的神色来面对元宗,不断询问高丽的重建情况。最后,他说道,据永宁公綧所说,高丽有常备军五万,其中一万用于镇守本国,其他四万希望能移驻蒙古。元宗解释说,实际上高丽连这十分之一的兵力都没

① 泛指众诸侯或地方长官。

有。忽必烈频频点头对此表示谅解，并没有坚持自己的意见。同月十八日，临行之前，元宗前往万寿山宫殿拜谒忽必烈，获赐十头骆驼作为该国的土产。带着这些在自己国家估计用不上的神奇的动物，元宗于十二月下旬结束了蒙古入朝之旅，心安理得地回到了江都。

第二年正月，元宗把王族广平公恂作为谢恩使派往蒙古。夏初恂回国，在王族重臣聚集的席间报告说，大汗亲切地询问了我国的事情，并表示深深的慰藉。江都的君臣们这才改变了对忽必烈的认识，齐声称颂忽必烈的德行，并为高丽的前途感到庆幸。之后众人在必须尽快履行忽必烈所要求的还都和籍民等事情上达成了一致。但具体应该采取什么手段，谁也说不上来。从一席人的嘴里说出来的净是断粮、绝米之类的话语。前一年高丽遭遇了前所未有的大饥荒，其影响在今年已然显现。该怎么支撑到秋收，这是眼下国家面临的最大的问题。长达三十年的蒙古入侵所带来的巨大的伤痛在蒙古军撤退五年后依然随处可见。都城也只建了一半，流亡百姓的身影一年到头络绎不绝。

第二章

元宗入朝蒙古后的第三年,即元至元三年、高丽元宗七年十一月,作为忽必烈使者的兵部侍郎①赫德、礼部侍郎②殷弘二人携诏书前来江都。诏书内容如下:

——今尔国人赵彝来告,日本与尔国为近邻,典章政治有足嘉者,汉唐而下亦或通使中国,故今遣赫德等往日本,欲与通和。卿其道达去使,以彻彼疆,开悟东方,向风慕义。兹事之责,卿宜任之。勿以风涛险阻为辞,勿以未尝通好为解!恐彼不顺命,有阻去使为托,卿之忠诚,于斯可见!卿其勉之。

这表明蒙古要任赫德为国信使、殷弘为国副信使,将之

---
①兵部是中央最高行政机构尚书省的六部(吏户礼兵刑工)之一,掌管兵权。尚书为长官,侍郎为次官。
②礼部和兵部都是尚书省的六部之一,掌管礼仪、祭祀、宗教、对外交往等。

派往日本，命高丽负责向导。诏书中还附上了需要赫德一行携往日本的诏书的抄本：

——皇帝奉书日本国王。朕惟自古小国之君，境土相接，尚务讲信修睦。况我祖宗，受天明命，奄有区夏。遐方异域，畏威怀德者，不可悉数。朕即位之初，以高丽无辜之民，久瘁锋镝，即令罢兵，还其疆域，反其旄倪。高丽君臣感戴来朝，义虽君臣，欢若父子。计王之君臣，亦已知之。高丽，朕之东藩也。日本密迩高丽，开国以来，亦时通中国。至于朕躬，而无一乘之使以通和好。尚恐国王知之未审。故特遣使持书，布告朕志。冀自今以往，通问结好，以相亲睦。且圣人以四海为家，不相通时，岂一家之理哉？以至用兵，夫孰所好，王其图之。不宣。

装着从蒙古来的诏书的筒状金属箱从没有像此刻看上去那么令人毛骨悚然。它长五尺，直径约一尺，有一抱那么粗，这使它本身看上去就像是具有某种威严的意志一样，压得人透不过气来。

元宗现在要做的就是召集王族重臣们，把忽必烈下达的这一可怕的命令传达给他们，并商定好高丽应该对此采取何种姿态。主要的宰相大臣们迅速聚集到了王宫的大殿中。没有人先开口。这是忽必烈下的命令,语气极其严厉,叫人进退两难,对高丽来说,也许只能服从了。聚集到场的君臣们不禁思绪万千。

宰相首班李藏用仿佛看到了遥远荒野尽头飘着一团黑云。这种不祥的征兆从他的内心渐渐地向外扩散、增大,不久就占据了天空的一角,继而又遮住了半边天空,像是转瞬之间就会把整个天空包裹起来。蒙古给日本递交要求通好的国书,这就意味着蒙古已经把日本作为新的目标,把触手探过去了。只要日本不宣誓臣属,不尽属国之礼,那蒙古就绝不会满足。一旦有了这种心思,蒙古就会不择手段地去实施。因为发给日本的这封国书中已经很清楚地表明了这点——"以至用兵,夫孰所好。"

对此日本会采取什么态度也可想而知。不管和大陆隔海的日本是否了解蒙古如何强大,首先肯定会驱逐使者,或是拒绝回复返牒。对于一个本身就凶猛好战且有大海作为天然屏障的国家来说,就算对手再强大,也断不会唯唯诺诺地听令于异国来的第一封诏书。

如果蒙古要派兵攻打日本,高丽当然责无旁贷,就算不派军队,作为一个与日本相邻的国家,也得按蒙古的对日政策承担一些特殊的职责,这是毫无疑问的。蒙古大军最终会出兵伐日。在过去的三十年中一直威胁着高丽的那支蒙古部队一定还会再次进驻高丽各地。一切都要倒退到已故的高宗时代。全国各地都会设有达鲁花赤。粮食会被征缴，被分配给各地驻军，壮丁会不断地被搜捕。如果有派兵远征的任务，那情势就会远甚于高宗时代。高丽士兵会被征召，农民们也会被征作军中杂役。

李藏用闭上眼睛。一座间久久没人说话。过了好一会，江都朝廷的高官、直接统领兵马大权的将军海阳侯金俊开口说道：

"对我们高丽来说，只能祈祷日本万万不能对蒙古有什么不敬的言辞或是不当的行为了。这次随蒙使赴日的使者任务十分艰巨。务必要让日本的当政者认识到蒙古的强大，要把事情办妥当，除此之外再无他法。一旦蒙古往日本派出兵船，那高丽就看不到明春的阳光了。"

金俊的话语中满含悲痛，就像朝在场的人心里猛地刺了一刀。让日本乖乖地听从蒙古，这是能把高丽从迫在眉睫的危机中拯救出来的唯一办法。

引领蒙使前往日本的人选很快就选定了——枢密院副使宋君斐、侍御史[①]金赞二人。同时，赴日的具体日期也定下来了。鉴于忽必烈的诏书措辞严厉，大家一致认为此事宜早

[①]御史台负责官吏的监察和弹劾。首领为御使大夫,侍御史是从五品官。

不宜迟，于是定在三日后的二十八日出发。"风涛险阻不以为辞，未尝通好不以为解"，既然诏书都这么说了，想必任何托辞、哪怕想稍作拖延的想法都是不现实的了。

人选和日期确定之后，在场的人才有余暇去怒斥和咒骂忽必烈诏书开头提到的一个高丽人。据诏书可知，就是这个叫赵彝的人提议忽必烈派遣使者赴日的。这种情况并不少，每每在谈论完国家大事之后，这个国家的当权者们都要抱怨和自己有着相同血脉的同族人，这时候就能让人感觉到这个国家在对蒙关系上存在一种特殊的不幸。过去如此，现在也如此，归附蒙古、在蒙古朝廷为官的高丽人绝对不少，他们往往站在主张入侵高丽的立场上。而在过去长达三十年的蒙古入侵这一黑暗时代中，对祖国高丽下手最狠、最大牌的人是洪福源。洪福源和其父麟州①守将洪大宣在高宗十八年蒙古第一次入侵时便一起投降了蒙将撒里答，之后一直作为入侵高丽的蒙军先锋率领北国的遗民入寇祖国。凭借这些功绩，洪福源当上了管领归附高丽军民长官②，负责招讨高丽未归附的百姓。被他所率士兵攻陷的高丽城池数不胜数。此人在一二五七年高宗决意投降时为谗言所杀。接替他登场的

---

①位于鸭绿江边。
②设于中国东北地区的中心城市沈阳，负责管辖归顺蒙古的高丽人。也称"高丽归附军民长官""管领归附军民总管"或"高丽归附军民总监"。

就是陷害他的永宁公綧。綧是王族子弟，于高宗二十八年被作为质子遣往蒙古，已留在蒙古二十余年，现在接替洪福源统领着新附的高丽人民，他的言行之中也逐渐趋向于入侵本已臣服蒙古的祖国。

关于赵彝这个人，只知道他生于庆尚南道的咸安，此地离金州（金海）、合浦（马山浦）很近，所以他多少掌握和日本通交等方面的知识。除此之外谁也不了解更多关于他的信息。究竟是像诏书上所说的那样，是他劝忽必烈遣使赴日的，还是忽必烈本有此意，只是把他召来听取一下意见的，其中的原委不得而知。但唯一可以确定的是，此人和这次事件绝对脱不了干系。

李藏用冒着冰冷的雨走出王宫，徒步走向自己位于内城西门旁的宅子。老宰相今年已经六十六岁了，最近这两三年来性情尤其乖戾，王宫的大门旁备有轿子和马两种交通工具，但他什么都没选。因为走着回去也不是很远。

虽说是都城，但地方很小，用城墙围起来的中城周长只有约四公里。里面有王宫，位于北部一带，也以城墙围起，被称为内城。除了王宫之外，官衙、王族重臣的府邸、寺院、武士房屋、店铺也都在其中。王宫和官衙位于比较平坦的地域，其他都随意地分布在三座独立的小丘的斜面或是坡脚下。中城城墙的三分之一位于都城南面的山脊上，像屏风一样环绕,因此不管从城内何处看去,都能看到山脚下像铁锁一样连接在一起的城墙。为了抵御外来入侵,江华岛原本就修筑有坚固的城墙和砦。中城外部一般称为外城。总之,整个格局说起来就是,在周长十五里的宽阔的外城一角处建有中城(都城),其周长为一里二十町的再往里是内城(王宫)。

无论是内城、中城还是外城,它们作为坚固的城池、具备抵御外敌的功能都是七年以前的事了。现在外形上没有什么变化,只是每个重要的关口都被毁了。

从内城的大门到李藏用家所在的西门,约有一公里的距离。李藏用带着三名随从,沿泥泞的道路一步一步往前走。不管是否认识,路上擦肩而过的男男女女们都给这个步伐稍显凌乱的、看起来脾气古怪的老人让路。

泥泞的道路并没有给李藏用造成丝毫的困扰。虽然不时在泥泞的道路上驻足,但此刻他的脑中全都为别的事情所占据。他必须要在到家之前做好决定。那就是如何才能阻止要从蒙古派往日本的两个使者。在宫中时金俊说了,只能祈祷日本能采取顺从的态度了,但那只不过是愿望而已,根本靠不住。现在高丽能做的只有一件事,那就是尽力阻止蒙使前往日本。为此应该怎么办?是李藏用直接去说服蒙使,让他们打消念头,还是以书信的形式来说服对方呢?要从这两个方法中选出一个来,这真的很难。很难想象蒙使会轻易同意这一点，毕竟他们是受了忽必烈的严令前来的，这么做等于是悖逆了忽必烈的意志。但这也不见得毫无希望。两位蒙使肯定很清楚自己所承担的这项任务有多么的吃力不讨好。越过万里风涛赴日这件事本身就是一件赌上身家性命的事，何况就算到了日本，谁也不知道那之后日本方面的态度，以及他们将会遭受何种命运。如果日本对忽必烈尽了臣属之礼的话倒还好，否则，虽然他们作为使者并不会承担什么责任，但是没有完成使者的使命一定会被视为失职。所以无论怎么看，没有比这更不划算的工作了。从这些方面来说，李藏用的建议也不一定会遭对方忽略，这个想法还是有可能实现的。

当然，对于要往蒙使内心深处植入某种东西这一工作，李藏用也不打算独自承担。如果事情暴露——那是相当可能的——灾祸就需要他独自承担了。

当李藏用走进家门的时候，心里已经决定要采用书面的形式给蒙使进言了。对方的想法自己既不能也无需了解。对方读不读书信上的内容完全是他们的事，丝毫没有关系，而他们的行动会不会因此而受到掣肘，也只是他们的问题，没什么大不了的。李藏用想给两位蒙使充分选择的自由。他要以不受任何外事外物干扰的形式，给予他们可拒绝也可接受的自由。

进入自己的房间之后，李藏用把人遣走，接着给要被派往日本的国信使①赫德写了一封信。

——日本隔海万里。往时虽与中国相通，未尝岁修职责。故中国亦不以为意。来则抚之，去则绝之。以为得其亦无益于王化，弃之亦不损王威。今圣明在上，日月所照，尽为臣妾。蠢尔小夷，敢有不服？然则蜂虿之毒岂可无虑？国书之降亦甚未宜。隋文帝时上书云："日出处天子致书于日没处天子。"其骄傲不识名分如此，安知遗风不存乎？国书既入，如有骄傲之答，不敬之辞，欲舍之则为大朝之累，欲取之则风涛艰险，非王师万全之地。陪臣固知大朝宽厚之政，亦非必欲致之。偶因人之上言，姑试之耳，然取舍如日本，彼尺一之封，莫如不降之为得也。且日本岂不闻大朝功德之盛哉？既闻之计当入朝，然而不朝，盖恃其海远耳。然则期以岁月，徐观其为至则奖其内附，否则置之度外。任其蚩蚩自活于相忘之域，实圣人天覆无私之至德也。陪臣再觐天陛亲承睿渥，今虽在遐陬，犬马之诚，思效万一耳②。

---

①中国皇帝派往没有正式国交关系的使者。当时日本和元朝没有国交，并非朝贡国。

②"蜂虿"是指蜜蜂和蝎子。"蚩蚩"指无知。"相忘"是互相无视。"睿渥"是天子的意象。"亲承"是亲自询问。

写完后，他派使者去往那一晚作为蒙使赫德的馆伴负责接待的起居舍人①潘阜那里，拜托他把书信亲自交到赫德手里。

做完这些后，他觉得异常疲惫。但在那种强烈的疲惫感中，又有着一种因为"该做的事都做完了"而感受到的踏实感。给蒙古呈递降表以来，本国曾经历过两次危机。第一次是两年前的元宗入朝时。忽必烈命令元宗入觐的诏书到来时，高丽朝廷上下全都大惊失色。虽然递交了降表，甘心做了属国，但谁都能感觉出身处属国地位的危险。元宗入朝之后是不是就不能再重返故土了？于是宰臣们全都反对元宗入朝，但李藏用那时却积极力挺元宗，力排众议劝他入觐。如果元宗入朝的话，就算万一有什么危险，从增进和蒙古的和亲这一点来看，没有比这更好的机会了。反之，如果拒绝入朝，其结果可以说是洞若观火。万一有什么变故，那就只能自甘屠戮了。李藏用对反对者说了上述这番话。这就是当时李藏用真实的心境。还好元宗入朝一切顺利。对高丽来说，这次的事件是自那以来最大的一次危机。

---

①隶属中书门下省的官员，负责记录国王的起居言行。同样负责这一责任的官员还有起居注、起居郎等，都是从五品官。另外还可参照后面列出的"起居郎"一项。

蒙使赫德、殷弘还有担任向导随同前去的高丽使宋君斐、金赞等一行人离开江都那天，李藏用把他们送到了江华岛最南端的草芝津的渡口。一行人要从对岸经陆路前往合浦再乘船赴日。渡口聚集着一百几十个前来送行的人，李藏用和赫德一句话也没说，只是默默地互相点头致意。赫德身材肥胖、个子高大。李藏用并不了解他的性格为人，因此无法从他的神情窥知他会如何解读、如何看待自己写给他的信。船离开码头时，李藏用对自己所写的书信多少还有些在意。蒙使的风姿容貌数次在他的眼前浮现，他想，也许自己在日本的倨傲和波涛险阻的艰难这方面多下点笔墨就好了。

《高丽史》[①]的"李藏用传"中有如下的记载：

李藏用，字显甫。初名仁祺，中书令子渊六世孙。藏用高宗朝登第，元宗元年任参知政事加守太尉，监修国史，判户部事。五年蒙古征王入朝。……其时蒙古翰林学士王鹗邀宴其第。歌人唱吴彦高"人月圆""春从天上来"二曲，藏

[①] 朝鲜高丽朝的史书。由世家（历代帝王事迹）四十六卷、志（包括天文、地理、礼、乐、选举、兵、刑等十二志）三十九卷、年表两卷、列传五十卷、目录二卷共一百三十九卷构成。金宗瑞、郑麟趾等撰写，于李氏朝鲜的文宗元年（1451）完成。志当中没有与当时极尽繁盛的佛教相关的内容，并且列传之中没有外国传等一直被视为本书的缺陷，但高丽时代的文献史料现在仅有极少部分保存下来，因而是重要的研究史料。

用微吟其词中音节，王鹗起执手叹赏曰："君不通华言而解此曲，必深于音律者也。"益敬重。帝闻藏用陈奏，谓之阿蛮（意为"口"）灭儿里干（意为"名家"）李宰相①。

第二年即元宗八年（西历一二六七年）正月，赫德、殷弘、宋君斐、金赞等遣日使一行回到了江都。他们在登陆合浦后就沿陆路返回了。在进入江都之前，关于他们到巨济岛后便折返一事就先传到了江都。江都的君臣们对此议论纷纷。有的说，如果是船只遇难到不了日本还能辩解，只因风涛险阻就借故折返，不知忽必烈会怎么想？还有的说，高丽使者只不过给蒙使带路而已，其间自然是听从于二位蒙使的，故不应由高丽方面担责。还有人说，既然负责给蒙使带路，如今路没有带成，责任自然还在高丽身上等等，众说纷纭。元宗脑海中始终萦绕着忽必烈诏书中那句"勿以风涛险阻为辞"。语气如此强烈，看来无论如何这次难免被追责了。

---

①"中书令"是最高政务机关中书门下省的长官。"参知政事加守太尉,监修国史,加户部事"，对拥有一定官职的人另外附加一些没有职务的官名以抬高他的等级，是一种优厚的礼遇。这种场合下，李藏用的本职是参知政事，兼任守太尉以下的官职作。"翰林学士"是中国翰林院的官，负责诏敕的起草，官撰史书的编辑等。后来还设有翰林院学士、侍读、侍讲、修撰、编修等。"吴彦高"是中国宋代的诗人。出生年月不详，殁年1142年。名吴激，福建出身，著名书法家米芾的女婿。最擅长乐府（歌曲），书法水平高。有文集《东山集》。"人月圆""春从天上来"都是乐府的曲名。"华言"指中国的话。

待一行人回到江都之后才问清了前因后果。此事对于高丽的首脑们来说无异于一场悲剧。据说一行人来到和对马岛遥相呼应的巨济岛松边浦后，看到风涛冲天而起，感觉渡过对马岛一事太过危险，于是高丽使节和蒙古使节互相商议之后决定就此折返。高丽朝廷方面不敢苛责蒙使，于是责怪宋君斐、金赞二人处置失当。对此，宋君斐说道：

"蒙使本身就没有渡海的决心，又怎么可能到达？待臣入朝之后把具体情况上奏忽必烈，请他定夺。"

之前一直没有附和在座众人、只是一味沉默着的李藏用这时才开了口，公开了自己在大家出发之前给蒙使送过书信一事，想必是蒙使觉得自己言之有理，所以才会如此处置的。他说道：

"对高丽来说，与遣日使一行人在到达日本之后将会面临的灾难相比，因没有到达而受到忽必烈的喝斥或许更好。对于忽必烈，我们应该一口咬定就是因为风涛艰难所以不能渡海赴日。蒙使可是我们高丽的恩人，大家不得有丝毫的怠慢。"

由于事情的起因太过出乎意料，众人一时间都没有马上表明自己的意见。

"如果蒙使把其中经过都告诉忽必烈，那如何是好？"

金俊说道。

"这也不无可能。为以防万一，先处置我李藏用如何？既然已经降罪给李藏用，我们也就有所交代，忽必烈的怒火也能平息了吧？臣对此早已做好舍弃身家性命的心理准备了。"

李藏用说道。

最后处理的结果是，高丽政府把李藏用流放到灵兴岛，又把替李藏用转交书信给蒙使的潘阜流放到彩云岛就算了结了。官差们前往赫德所居住的府邸捕捉赫德馆伴潘阜一事很快就传到了蒙使耳里。赫德立即拜谒元宗，将李藏用的书信呈递上去，并说道：

"我将这封书信带回去上奏皇上，皇上肯听的话，就是天下之福。就算不听，这也只是李藏用的一己之见罢了，高丽犯不上处罚他吧？我怎会被李藏用的一己之见说动呢？我只是为风涛所阻才折返回来的。"

于是李藏用和潘阜就被赦免了流放之罪。

元宗在当月又让宋君斐随同赫德等人赶赴蒙古。此时宋君斐携带的、元宗关于此事始末的上奏文就出自李藏用之手：

——诏旨所谕，道达使臣通好日本事，谨遣陪臣宋君斐等伴使臣以往。至巨济县，遥望对马岛，大洋万里，风涛蹴天，意谓危险若此，安可奉上国使臣冒险轻进。虽至对马岛，彼俗顽犷无礼义，设有不轨，将如之何？且日本素与小邦未尝通好，但对马岛人时因贸易往来金州耳。小邦自陛下即祚以来，深蒙仁恤，三十年兵革之余，稍得苏息，绵绵存喘，圣恩天大，誓欲报效。如有可为之势，不尽心力，有如天日①。

这一年八月，赫德、殷弘又来了。二人携来的诏书中这样说道：

——向者遣使招怀日本，委卿向导，不意卿以辞为解，遂令徒还。意者日本既通好，则必尽知尔国虚实，故托以他辞，然尔国人在京师者不少，卿之计亦疏矣。且天命难谌，人道贵诚，卿先后食言多矣，宜自省焉。今日本之事，一委于卿，卿其体朕此意，通谕日本，以必得要领为期。卿尝有言圣恩天大，誓欲报效，此非报效而何？"

显然这是在责怪之前元宗上奏文中的托辞，命高丽继续担负与日本单独交涉的职责。这次赫德、殷弘只是携诏前来

----

①"顽犷"即顽固贪利，"礼义"指风俗混乱而粗暴。"即祚"即即位，"仁恤"是仁慈有情。"绵绵"是安静的样子。

的使者，赴日使臣一职已经被解除了。

高丽朝廷立即召开了宰相会议。圣命难违，只能遣使赴日。而使者人选难定，经李藏用推荐、元宗任命之后，这个任务最终落在了曾作为赫德馆伴的起居舍人潘阜的头上。无论是元宗还是李藏用，都觉得他对上次的事情一清二楚，且本人也想报效祖国，因而是承担这一棘手任务最适当的人选。他对不测事件的判断很准确，为国分忧的心情也很迫切，不太可能会出什么差错。

约一个月之后的九月二十三日，潘阜离开江华岛赴日。这次是从江华岛直奔日本。出发之际，李藏用也没什么特别要对潘阜说的，只祝他能顺利完成这次决定国家命运的重大使命。除了之前提到的忽必烈的国书之外，他让潘阜一并带上了高丽呈递给日本的国书。因此忽必烈的国书是元宗七年即至元三年八月的，而这次高丽发出的国书则是至元四年九月的。高丽的国书是李藏用起草的。他数次起草，又数次废弃，最后终于在上面摁上了高丽的国印：

——我国臣事蒙古大国，服其统治有年矣。蒙古皇帝仁明，以天下为一家，见远同近。日月所照，咸仰其德。今欲通好于贵国，而诏寡人云，"日本与高丽为近邻。典章政理，有足嘉者。汉唐以降，亦或通使中国。故特遣使持蒙古皇帝书前往,勿以风涛险阻为辞。"其旨严切。兹不获已,遣使奉皇帝书前去。贵国之通好中国,历代皆有。今皇帝之欲通好贵国者,非利其贡献盖欲以无外之名高于天下耳。若得贵国之通好,必厚待之。其遣一介之士以往观之,何如也?贵国商配①焉。

这一年年末,元宗把弟弟安庆公淐作为贺正使派往蒙古。第二年二月淐回国,他所报告的事情让江都君臣上下大为震惊。淐把潘阜使日一事上奏后,忽必烈对此没有任何回应,只是责怪高丽没有履行属国应该履行的职责,还对迁都的迟滞、贡品的粗劣、否认与日本通交的事实等进行了诘问,言辞颇为激烈。

淐的报告结束没多久,忽必烈的诏使就来到了江都。诏书上赫然写着之前忽必烈以激烈的语调对淐所说的话,文章最后还有这么一句"今特遣使持诏往,诚尽情实,使海阳侯金俊、侍中李藏用斋来奉章,具以悉闻"。

高丽王朝当即召开会议。商议的结果是,由于金俊忙于迁都,暂缓入朝,故由李藏用一人前去觐见忽必烈。此次入朝生死难料,眼下管理国政的这两人都离开的话,对高丽来说是一个沉重的打击。金俊原本就不想应忽必烈的召见,且

---

①商量考虑。

对因忽必烈的言行而忽喜忽忧的高丽的这种态度有所不快。这暂且不提，更现实的问题是，这已经是高丽面临的第三次危机了，对于李藏用来说，已经是他第三次作出为祖国献身的决定了。

李藏用拿着回复忽必烈的上奏文，踏上了入朝蒙古的旅途。时值元宗九年四月，李藏用时年六十八岁。离开江都之前，他觐见元宗并进言说，为了让社稷安稳，最好尽早迁回旧京。

迁都一事是高丽多年以来的心愿，与忽必烈约定的九年后营造首都一事依旧毫无进展。营建宫城的国费几乎没有，也一直募集不到工匠，工程从两年前就开始被搁置了。而且因为一年前的一场大雨，营造都城所需的、堆放在汉江上游和洛东上游的木材全都和河边的水稻一起被洪水冲走了。高丽朝廷内部也有一部分人想要拖延迁都的日期。直接统领兵马大权的金俊就是其中之一。只有留在江都，高丽仅存的兵马才能在紧急时刻派上用场，一旦迁到开京，这股军力的百分之一都不会剩下了。实际上他们的担心也不无道理。但如果不迁都，就会给蒙古人口实，这会引起何等灾祸，谁也说不清。这是始终躲不开的一个问题。

"就算无法营建都城，当务之急也要在开京修建宫廷。夏天在开京，冬天回江都，这也是方法之一。上国有和林、燕都两个都城,我们也可以仿照。"

李藏用说道。元宗于是和李藏用约定设置旧京出排都监①。

李藏用带着二十多名随从离开江都。入朝的费用以朝臣们分头凑来的帛充当。与之前赴蒙面见元宗时相比仅仅相隔了四年。以李藏用那老迈的身躯来说,马背上持续颠簸的旅程让他很是吃力。进入西京(平壤)、渡过大同江时,李藏用看向缓缓流淌的江流,心想大概自己再也见不到这条大河了。岸边可以看到洗衣服的女人们的身影。所有人的脸上都显得极为憔悴和疲惫。蒙古侵略三十年间,许多男人都被杀了,满眼所见全是女人和孩子们,这在西京和其他城市都一样。

过了义州之后,从路过的百姓们那里知道,有些人很怀念蒙古兵驻屯时代的殷盛,有些甚至盼着那一时代能再次到来。一行人听到这种呼声也不是一两回了。每当此时,李藏用胸中就会被一股说不清道不明的阴郁的情绪堵塞。

五月中旬时李藏用到达燕都。他立即前往都城中央那壮丽的宫殿中去觐见忽必烈。忽必烈正在召见其他异国使臣,于是李藏用便在宫殿前的石阶上等候了半天左右。其间越来越炽热的阳光炙烤着他这两三年来斑痕急剧增多的脸。

---

①作为负责人负责从古京即开京往宫廷转移的人,属临时设置的官职。

李藏用来到忽必烈面前时，忽必烈突然大声地叫喊起来。李藏用不懂蒙古语，所以只是毕恭毕敬地聆听忽必烈怒吼。这时终于有人把忽必烈的话翻译过来了，和忽必烈的声音不同的是，这个声音听起来十分的冷静：

朕命尔国出师助战，尔国不以军数分明奏闻，乃以模糊之言来奏。王绰曾奏："我国有四万军，又有杂色一万"，故朕昨日敕尔等云："王所不可无军，其留以四万来助战"，尔等奏云："我国无五万军，绰之言非实也，苟不信试遣使与告者偕往点其军额，若实有四万陪臣受罪，不则反坐诬告者。"尔等若以军额分明来奏，朕何有此言。

李藏用抬起头来。看到那个翻译的瞬间，才发现对方是一个高丽人，而且是一个眉清目秀的青年人，这让他颇为吃惊。但李藏用立刻感觉到在那张苍白的脸上，在那双眼中，分明含有这三个国家的人都没有的那种冷漠。这不是拥有同样血统的人该有的眼神。他的年龄大概也就二十五六岁。就在这时，又传来了忽必烈的怒吼声。但在听到青年极其冷静、毫无抑扬顿挫的声音之后，李藏用觉得忽必烈的怒吼听起来更像是一种空洞无物的东西。青年这次没有把话翻译给李藏用，只是沉默着站在那里。很快，永宁公綧走了进来。

李藏用早就认识他了。他很小的时候便被送往蒙古充当人质，如今动辄发出对高丽不利的言辞。想必是忽必烈把他召来的。缛行过礼之后就站在一旁。出身高丽名门的他容貌秀丽，举手投足温文尔雅，这与他五十岁的年龄看起来很不相称。

忽必烈又涨红着脸开始怒吼。在情绪最激动时他才停下话头喘息。就像一直在等待这一刻一样，那青年一直很冷静的声音又传到了李藏用的耳中。他翻译完忽必烈的话之后便停了下来，竖起大大的耳朵，像是要洗耳恭听。于是李藏用便开口说话。但很快，忽必烈又用怒吼声完全盖住了他的声音，就好像不想让李藏用所说的被其他人听到一样，如此反复持续了多次。

"尔还尔国速奏军额，不尔将讨之。尔等不知出军将讨何国，朕欲讨宋与日本耳。今朕视尔国犹一家，尔国若有难，朕安敢不救乎？朕征不庭之国，尔国出师助战，亦其分也。尔归语王造战舰一千艘，可载米三四千石者。"

李藏用于是说道：

"陛下既然有令，臣焉敢不从。只是虽有船材，但恐难募听令的造船工匠。"

"勿以为辞。古代之事尔等所知不必更说，朕将取近而言之，昔成吉思汗皇帝时，河西王纳女请和曰：'皇帝若征女真我为右手，若徵回民我为左手。'后成吉思汗皇帝将讨回民，命助征河西竟不应帝，讨而灭之，尔亦闻之。速造一千艘船，集全兵送我。"

"我国昔有四万军，三十年间死于兵战殆尽，虽有百户千户，但虚名耳。"

"死者尚有，独无生者乎，尔国亦有妇女，岂无生者尔。"

"我国蒙荷圣恩，皆于此九年兵战中亡矣。其后有男子生长者，然皆幼弱，不堪充军。"

此时绰凑往近前还想说点什么。李藏用对他怒目而视，并说道：

"不得在陛下面前争论。如要说的是高丽的兵数，还请派人前往高丽调查为盼。"

忽必烈制止了绰，又板着脸看向李藏用说：

"无需多言。就依你所言，验兵便是。"

忽必烈站起身来，带着众多随从消失在了深宫之中，在此期间李藏用一直深深地低着头。当他抬起头来的时候，永宁公绰和担当翻译的那青年都已不在原地，似是也跟着忽必烈走了。后来李藏用才知道担当翻译的那青年就是曾与高丽结仇的洪大宣之孙——洪福源的遗孤洪茶丘。李藏用也曾数次听过这个名字。据说他和忽必烈所宠的永宁公绰一起都当上了高丽归附军民长官，势头甚至还压过了绰，在祖国高丽也逐渐声名远扬。

在归国的途中，李藏用一直心事重重。为了踏上原本以为有生之年可能不会再踏上的故土，他在盛夏酷热的阳光中，一直在马背上颠簸。其间两匹马都倒下了，随从之一也累得猝死了。受洪水的冲击，鸭绿江水浑浊而高涨，一行人因此在江畔的一个村落停驻了五日。这次旅程真是让人闹心。

李藏用在六月末回到了江都，当天即拜谒了元宗，呈报了事情的原委。根据忽必烈的命令，高丽必须建造一千艘战船，必须调查助征军的兵力总数向忽必烈回奏。奏报兵力别无他意，无非就是因为蒙古要根据现有数量的兵力来征兵。

听了李藏用的报告，元宗也不禁大惊失色。他不想就这样接受忽必烈的上述命令。他总觉得忽必烈或许另有他图。按说忽必烈充分知晓高丽的疲敝状况，是不会让高丽承担这么苛刻的任务的。元宗曾经有过类似的经历，即在斥责高丽不履行作为属国的义务之后，忽必烈又发来了言辞恳切的诏书，可以说是语气相当温和地同意了他提出的要求。这次也一样，只要把个中详情尽数讲明，或许高丽眼下面临的困境自然也就消解了。在高丽的朝廷之中，元宗是其中唯一崇拜忽必烈的人。他曾在身为太子倎时在开封附近的村落中、在当时的燕京府现在的燕都、在登上王位之后第五年入朝时在燕都的宫城和万寿山的离宫中各见过忽必烈一次。这四次无论哪一次都给元宗留下了同样的印象。那张威而不猛的温和的脸，那让人着迷的说话方式，还有他身上具有的让人如沐春风的独特的魅力，元宗无论如何也无法忘怀。

李藏用看穿了元宗的心思，他歪着头，用无法言述的悲伤的表情说道：

"人们常说猛虎在接近兔子时眼神最温柔，而它猛然咆哮的声音响彻山谷，会让小兔子瞬间无法动弹。兵船建造的事情不就和猛虎咆哮的前奏一样吗？"

但元宗始终没有抛弃他的想法，即，只要等潘阜完成使命从日本回来，把情由上奏忽必烈，一切都会好转。忽必烈之所以生气，肯定是因为没有顺利把蒙使带到日本，等潘阜顺利从日本返回，此刻笼罩在高丽头上的这朵乌云说不定一下子就会消失得无影无踪。

潘阜返回江都是在那之后不久的七月初。潘阜是前一年九月离开江都的，也就是说从出国到回国大约花费了十个多月。潘阜报告了日本之行的始末。他们九月初离开江都，之后到达合浦，十月末时顺风渡过对马岛后，为风涛所阻，在那里停留了一个多月，然后又出航、折返，如此反复两次，一月末才到达了彼境西边的太宰府。在那里停留了大约五个月，终于获准进入王都。馆舍接待很随意，传达了诏旨之后也没得到报章，虽然赠送了国贽①，但前往各个机构告谕后却始终没有被采纳。结果是，潘阜虽然呈上了蒙古、高丽两国的国书，但没有获得返牒就回来了。

高丽不敢耽搁，即刻决定派潘阜将事情的始末上奏忽必烈。于是潘阜在江都只停留了一天就马上动身了。潘阜从日本归国时，高丽政府正忙于征兵和造船，潘阜只见到了元宗和李藏用二人。太子谌是兵船建造的最高负责人，金俊则负责征兵事宜。人们往来于江都和大陆本土之间，一切都显得前所未有的繁忙。

八月初高丽遣使蒙古上奏说："兵员虽多方征发，但仅得万人。舟舰一千艘已委沿海官吏着手营造。"

十月中旬，蒙古派来调查兵力和舟舰的官员王国昌、刘杰等十四名官员进驻江都。王国昌负责征兵，刘杰监督造船，检阅日期定在了这年的年末。高丽要确保在那之前万无一失，于是太子谌、金俊等也开始更多地在本土奔忙而不是待在江都。他们为自己手头负责的工作忙得焦头烂额，没有一天过得安稳。

王国昌、刘杰等人在高丽向导的引领之下巡视了黑山岛。黑山岛是全罗南道西边海上的一座岛，在众多大大小小

---

① 这里指高丽王赠送的礼物。

的岛屿中，它只是一个很不起眼的小岛。其北岸是中间往里深凹的、适合船舶停留的港口。蒙古官员之所以巡视这里，显然是要把黑山岛作为远征日本时的根据地。

就这样，高丽仿佛忽然之间被卷入了从蒙古刮来的一股旋风当中。但元宗还没有放弃希望。他只等着派去的潘阜尽早从蒙古归来。

十一月中旬，赫德、殷弘现身江都。这是他们第三次来到江都。潘阜也随同一起。赫德携来了忽必烈的诏书：

——向委卿道达去使，送至日本，卿乃饰辞，以为风浪险阻，不可轻涉，今潘阜等何由得达。可羞可畏之事，卿已为之，复何言哉。今来奏有潘阜至日本，逼而送还之语，此亦安足信？今复遣赫德、殷弘等充使以往，期于必达，卿当令重臣道达，毋致如前稽阻。

高丽于是又数次召开会议，以选定赴日使臣的人选。并且让知门下省事①申思佺、侍郎②陈子厚和潘阜引导赫德、殷弘二位蒙使赴日。

---

①最高行政官厅中书门下省的官员。其地位次于长官，即实际上的首相门下侍中和次官门下侍郎。和参知政事一样都是从二品官。
②六曹的次官，正四品官。六曹是位于尚书都省（长官为尚书令）下分管行政事务的吏户礼兵刑工等六部，长官为尚书。

蒙古官员王国昌、刘杰等人从黑山岛巡视回来已是十一月末。在那几天之后的十二月四日，赴日使节一行便离开了江都。这次也是从陆路前往合浦。一行人由蒙古国使八人、高丽国使四人、随从人员七十余人组成，队伍庞大。这支大部队赴日的花费巨大，这当然要由高丽承担。出发当天，以元宗为首的高丽君臣们一同把一行人送到了草芝津渡口。

遣日使臣刚离开江都的第二天，太子谌、金俊、王国昌、刘杰等便一同离开江都前往开京。谌带着刘杰前往西海道，陪他检阅了数个地区的造船场。在开京那只造了一半就搁置的王宫的广场上，金俊让好不容易征来的一万名士兵列队接受王国昌的检查。

王国昌、刘杰等人完成各自的使命之后，于年底离开江都返回蒙古。两位蒙古监督官离开江都后又发生了一件事——海阳侯金俊被部下枢密院副使林衍刺杀了。金俊从一介武人起步，官拜侍中①，食邑一千户，被册封为海阳侯，是高丽的一大功臣。他将兵马大权独揽手中，在庙堂上和李藏用平起平坐，时常对蒙古的威逼压制表示不满，不服从蒙使的命令，怠慢迎侍，其言行一再对国家形成威胁。在忽必烈命令其和李藏用一起入朝时，金俊坚决不从，于是国内对金俊批判的声音不断高涨，终于因此被和他关系不洽的林衍

---

①门下侍中。

所杀。从那天开始雪就下起来了,并一直持续到年底。就这样,在这个国家前所未见的大雪之中,对高丽来说多灾多难的元宗九年迎来了年末。

第二年至元六年,即元宗十年的三月十六日,被派往日本、高丽的一行人回到了江都。一行人登陆对马岛,想要奉上两国国书时,对马岛的官员拒不接受,他们一直被挡在那里,没能去往日本本土,于是一行人不得已便折返了。只是这次一行人把对马岛的居民塔二郎、弥三郎①给抓了回来。

元宗立刻派申思佺随蒙使赫德、殷弘等人赴蒙古上奏事情的始末。六月初申思佺回到江都,他的报告对高丽政府来说是久违的好消息。忽必烈对申思佺说,尔国国王不违背朕的命令,把尔等派往日本,尔等不以道程的危险为辞,入不测之地生还,及此复命,当嘉忠节等。然后又对两个日本俘虏说,尔国人来中国久矣,朕欲让尔国人来朝,无任何无理勉强,只盼把来朝之事实向后世传达而已。说完之后大加款待,还让他们去参观了万寿山的玉殿等处。申思佺还说,两位俘虏的归国事宜最近就会安排。

得到申思佺报告的当天,元宗、元宗的弟弟安庆公淐、李藏用三人在王宫的一室中会了面。

对高丽来说,蒙古方面要求建造一千艘舟舰的命令是至

---

①详细请参阅井上靖的短篇小说《塔二和弥三》。

高无上的，高丽全国为此极度慌乱，但元宗并未放弃请忽必烈收回成命的希望。忽必烈征伐日本的野心到底出于何种理由不得而知，总之以赫德等人被派往日本为契机，高丽得以从紧迫的状态中暂时脱离出来。赫德等人只到了对马岛，并没有获准进入日本国土，牒书也没交出去，但忽必烈对此并没有丝毫的不满，何止如此，他甚至还让两位俘虏进入王宫，还下发路费，安排人把他们送回了祖国。无论怎么看，这都不像是急着要用兵日本的样子。还有，高丽被下令征兵，眼下也完成这项任务了，但忽必烈只是派部将前来检阅，之后也没下什么特殊的命令，这难道不能表明忽必烈的对日政策已经发生转变了吗？元宗把自己的这一想法告诉了湜和李藏用。

"士兵们解甲归田的日子快来了，停止建造兵船的诏书最近肯定也会下来的！"

元宗说道。湜的想法和兄长略有不同，他说道：

"忽必烈现正在汉水流域和宋展开最后的决战。进攻江畔的襄阳城需要不少兵船，听说他已下令陕西、四川行省动工修建新船。让高丽造船和征兵或许目的就在于此。兄长觉得高丽已脱离苦海，我倒觉得事情可没那么简单。如果说有，那得等到元宋战争结束的那一天了，在那之前还得一段时间呢。"

湼说的有几分道理，但李藏用却说道：

"臣的想法与二位完全不同。忽必烈或许暂时放弃了征日的想法。但他是不会撤销造船舟和征兵的命令的。正如安庆公所说，对宋作战确实需要高丽兵船，但首先船不可能从如此遥远的地方运去，而且高丽的兵力并不足以用于对宋作战。就算可以，也很难想象对宋作战结束后，高丽就能从蒙古所要求的苦役中解脱出来。忽必烈眼下并不需要战船和士兵，他需要的是对高丽施以重役，尽可能让高丽国疲惫不堪。他的目的就是要让高丽丧失战斗力，陷入更严重的贫困之中，最后把高丽完全变成自己的属国。如果可能，忽必烈一定会把高丽纳入蒙古的版图之中的。"

李藏用接着说道：

"不过，就算我们是小国、弱国，如果没有理由，他也不能轻举妄动。所以我们过去才能盘踞江都，保全高丽。眼下我们必须阻止蒙兵入境。不惜一切代价地去阻止。元宋之战可能很快就会结束，那样一来，忽必烈又会把眼光转向日本了。不过，蒙古连以这些许水域作为屏障的江华岛都攻不下来，还会考虑出兵伐日吗，这还是个疑问。如果是的话，那我们面临的事态就严重了。蒙古大军会进驻我国，再从我国出征。这事也许不会发生，但他们定会以征日为由不断提出各种课税、劳役要求。想想过去这三十年中我国全境也曾遭受蒙古铁蹄的蹂躏，这倒也不是不能忍受。"

　　李藏用说出了心中一直想吐露的话语。元宗，还有不像元宗那么极端的涓都幻想着忽必烈能手下留情，保全高丽。但李藏用不同。他曾两次入朝蒙古谒见忽必烈，他所感受到的忽必烈和元宗的完全不同。无论是忽必烈的脸、眼神、肤色还是声音，他从中感受不到一丝一毫的人性。在说出那些人类无法想象有多可怕的事情之前，他已经把手头的东西都准备好了——忽必烈就属于这种人。

第三章

六月中旬，高丽突然发生了一件让人震惊的事。去年年末杀掉金俊并取而代之统领军队的枢密院副使林衍意欲废立国王。行动前一天，李藏用在自己的府邸接待了来访的林衍。看到他的一瞬间，李藏用就知道他要做的事肯定非同小可。李藏用把林衍带到面朝庭院的一间屋中，这时从住所外传来了军马的嘶鸣声。这声音可不止一二十匹马，可以想象到武装部队业已占据了各处要害。

林衍用杀气腾腾的眼直勾勾地盯着李藏用。他要把现任国王元宗流放到海岛上，拥立国王之弟安庆公淐。这是他反复考虑之后决定的，无论身为宰相的李藏用要说什么都不能改变他的想法。废立的理由很明确：光凭一心追随忽必烈、充当其傀儡的现任国王是无法解决高丽如今所面临的困境的，靠世子谌的力量也解决不了。这样下去，高丽只会变成蒙古的直辖地，最终亡国。最好的办法就是拥立国王之弟安庆公淐为王，改革国政，重振民心，以当国难。

言之有理，李藏用道。林衍之所以采取这番行动，理由确实如他所说，但也不仅限于此。元宗一向不怎么重视林衍。就算他诛杀权臣金俊有功，但他行事鲁莽冲动，对于这个动辄诉诸暴力的中年武官，元宗评价不高。林衍也很清楚这一点，想到自己眼下兵马在握，机不可失时不再来，不如废掉元宗，拥立自己能随意使唤的淐罢了。王宫想必已经被士兵们重重包围了。就算反对也无济于事，只会令事态越发糟糕，于是李藏用提出了一个修正意见，那就是，不把元宗流放到海岛，而是转移到别的宫殿。如果国王被流放海岛，阁下一定会落一个叛乱者的污名，这会激怒忽必烈。不如以国王病弱为由，采取最为稳妥的方式来废立国王。对李藏用来说，他必须保住元宗的性命，还要阻止蒙古人插手干涉。林衍觉得李藏用言之有理，决定听从他的意见。

废立事宜于次日进行。太子谌四月初便离开江都入朝蒙古，这让林衍行事起来方便多了。当日淐即位为王，元宗则被转移至别的宫殿。一切都在全副武装的士兵们的监视下进行。两三天后，李藏用拜访枢密院副使金方庆，两人一同偷偷谒见元宗，说，以后会努力安排他复位，在此之前请先暂时忍耐。自己和金方庆二人在此期间不会做出什么误国行径的，请放心交给臣等二人。金方庆长身瘦躯，身体笔直如鹤,他神色如常,口中念念有词。金方庆以罕见的结巴和沉默寡言而闻名。他说道,虽然诛杀林衍易如反掌,但若因为此事给蒙古人落下口实就不好了,因此请国王暂时忍耐,再忍耐!李藏用和元宗都没能听清他在说什么。但金方庆开口说话本身就让人感觉很安心。金方庆是李藏用最信任的武将,时年五十八岁,比李藏用年轻十一岁。金方庆,字本然,安东人,据说是新罗敬顺王①的远孙,其父孝印性格刚毅,登第之后官拜兵部尚书②,位至翰林学士。母亲怀他时,屡次梦到云霞,曾跟人说过"总有云气在我口鼻中。故子必来自神佛"。金方庆继承了其父的性格,严峻刚毅,守法不阿,气节凛然,就像来自神话中的人物。在蒙古侵寇时代,他曾任西北面兵马判官③。江华岛地势平坦,具备良好的耕作条件,但当看到海水涌进来,田地无法开垦时,金方庆立即下令筑堰,防止海水进入,确保粮田可以播种。另

---

①新罗最后(第五十六代)的王(927—935年在位)。名金溥。景哀王四年,百济的甄萱闯入王宫逼王自杀,立其族弟为王。是为敬顺王。935年时,敬顺王归附了当时新兴的高丽,高丽太祖王建封他为政丞公,把自己的女儿嫁给他,把新罗改名为庆州,作为食邑送给他。

②掌管军政的长官,正三品官。

③高丽的兵马使从成宗八年(989)一直存续到高丽最后一天,这与其说是一个官职名不如说是一个组织名,可以称之为北境防卫司令部。长官为兵马使,下设知兵马使、兵马副使、兵马判官、兵马录事等。判官是五或六品官。西北面是高丽后期的行政区划,和东北面一起构成北面。

外，岛上本无井泉，岛民常要到陆地上打水，经常会被蒙兵掳掠，他看到这种情况后，下令储水为池，解决了用水的难题。金方庆就是这样的人。但在元宗时代，他直接从军职上退了下来，作为宰相发挥着重要的作用。

林衍安排废立国王之后，派心腹中书舍人①郭汝弼前往蒙古朝廷，奉上写有元宗因病而传位于弟弟淐的表文。

七月二十一日，蒙使乌尔泰等六人带着两个日本人来到江都，传令即刻把二位俘虏送还对马岛。高丽政府派金有成、高柔赴日，让他们携带前次遣日使原封不动带回来的牒书，同时送还两个日本人。这是高丽第四次往日本派遣使节。

七月末，金有成、高柔一行人离开江都前往日本。在草芝津渡口处，和之前一样，挤满了朝野上下前去送行的人。

八月下旬蒙古来的诏书中说道，未曾听闻元宗有何过失，为何未得宗主国蒙古的裁决许可便妄自废立国王，速速上奏详情。问了诏使才知道，郭汝弼在入朝蒙古途中鸭绿江畔的灵州遇上了从蒙古归国途中的太子谌，实在无法隐瞒，就将国内发生的事告诉了谌。那是七月二十四日的事。谌立刻折返，于月末进入燕都，将祖国发生的事情奏报忽必烈，

---

①中书门下省的官员，属于中书令系列下，与属于门下侍中的给事中并列。从四品官。

请求援助。于是忽必烈才派诏使前往江都。

李藏用受林衍之托，前往蒙古入朝，以化解忽必烈的怒火，并平息事态。

"臣原本就不受忽必烈待见，上次入朝时候也是如此，忽必烈始终没对我笑过，只是下令造船和征兵而已。这是决定国家命运的重大时刻，我很乐意出使蒙古，但希望这次能派金方庆前去。金方庆和臣不同，忽必烈很爱惜他的人品，对他总是不吝赞美之词，我自己都听过好几次。如果是金方庆说的话他应该会信的。"

李藏用说道。李藏用想的是，入朝蒙古是件大事，最好让金方庆承担，自己要留在江都。因为离开元宗左右总让他感到不安。

于是事情很快就定下来了，由金方庆和蒙古诏使一起前去蒙古上奏表文。表文内容与之前郭汝弼所要奏告的基本一致。

金方庆九月初离开江都。此表文的返诏由诏使赫德于十一月十一日带至江都。其中提到，让元宗兄弟和林衍入朝，忽必烈自己要听取事情的原委，之后作出裁断。同时，还宣布了蒙古将要出兵高丽一事。

——因尔国权臣擅行废立，特遣国王头辇哥等行中书省事，率兵东下，抚定尔国，惟首是问，自余吏民不及一所，惟尔有众①，皆当安堵如故。

李藏用最害怕的事写在了诏书中。蒙古想要干涉高丽的内政，想让自己的军事实力发挥作用。"率兵东下"应该是说国境或是离之稍远的东京一带集合待机吧。要阻止蒙古出兵，就要先消除蒙古出兵的理由，除此之外别无他法。那就是，要解决好元宗的复位问题。

李藏用想让蒙古诏使赫德劝林衍安排元宗复位。林衍也正因意识到自己的立场正变得越发艰难而焦虑万分。如果蒙古军当真出兵，自己就难辞其咎了，他想必很清楚这一点。因此林衍会乖乖听从蒙使赫德而不是别人的建议。作为造成这一事态的责任人，林衍既倔强又好脸面，就算身边有人去劝他安排元宗复位，估计他也不会答应的。

在蒙使每次来到江都都会住宿的宫城内的驿馆里，李藏用拜会了赫德。在赫德作为最初赴日的使节离开江都时，李藏用曾给他呈递过书信，从那之后，对于这个脑满肠肥、不拘小节、行事鲁莽的人，他都怀有一种特殊的亲近感。赫德的行动实际上违背了忽必烈的意志，当然应该被问罪。但不知道他是怎么辩解的，居然还是多次作为使者被派到高丽

---

① 人民。朝廷或君主称呼人民时使用。

来，还被再次选作了遣日使，在所有人的眼中，他都是一个神秘莫测的人物。不知怎地，赫德每次都是在高丽处于困境时现身江都。在江都人的眼里，赫德是最了解高丽国情的人。

李藏用把自己拜访的目的告诉了赫德，请他助一臂之力，以化解高丽目前所面临的困境。赫德考虑了片刻，终于简短地说了几句表示应承，说这事就这样吧，然后又立刻转移了话题。他说自己是蒙古人，无法从外表上看出高丽人的性格，于是就根据他们来自何方来大概判断其性格：

"东北面（咸镜道）的人是'泥田斗狗'，西北面（平安道）的是'猛虎出林'，交州道（江原道）的是'岩下石佛'"，西海道（黄海道）的是'石田耕牛'，京畿道的是'镜中美人'，忠清道是'清风明月'，庆尚道为'泰山乔岳'。全罗道为'风前细柳'。——先前被杀的金俊是西海道出身，他的一生就好像是耕种石田的老牛。林衍是西北面出身，如猛虎出林。他杀了金俊，废立国王。金方庆来自庆尚道，就好像是泰山乔岳，是这个国家的基石人物。宰相是京畿出生，是镜中美人。"

说到这里，赫德哈哈大笑起来。这番话或多或少让人觉得云里雾里，但在李藏用看来，赫德这个人委实不可小看。他看待高丽人的眼光确实毒辣，该看到的都看得清清楚楚。

李藏用自己被他说成是"镜中美人",想必是对他的有心无力表示遗憾,有意无意地讽刺李藏用在林衍废立国王一事中所起的作用。既然能主动前来和自己商讨元宗复位的问题,为何当初在林衍举事时没有干掉他呢?

"确实是镜中美人,惭愧惭愧。"

李藏用说道。

"元宗复位一事,老身就不辞辛劳地入朝蒙古去拯救高丽国运了。而高丽国王已经蒙召,迟早也要入朝的,我和'泰山乔岳'金方庆都不在场,届时就拜托您了。"

他恳求赫德。

或许是赫德的劝解奏效了,林衍终于把淐从王位上拉了下来,又安排元宗复位了。这是十一月二十三日的事。四天之后的二十七日,肩负着向忽必烈上奏元宗复位及入朝一事的使命,李藏用离开了江都。元宗刚刚复位,还不能离开江都,因此其入朝最早也得过了十二月中旬。这是李藏用第三次进入蒙古,和前两次相比,他所肩负的使命更艰巨了。必须上奏忽必烈说高丽国内已经恢复和平,阻止诏书上所说的让头辇哥东下入国一事发生。总之要尽快见到忽必烈,让他撤回出兵命令。

李藏用昼夜兼行。沿着国土北上不久,老宰相就听说在北边发生了一件让人难以置信的事情。西北面兵马使①书记官崔坦以诛杀林衍为名谋叛一事已传至江都。崔坦说服三和县的李延龄，唆使龙岗、咸从、三和等县的民众，很快集合起一股很大的势力，杀了咸从县令②，赶跑大同江口附近椴岛上的留守司③长官，又捉住西京留守杀掉，之后一路北上，杀了龙州、灵州、铁州、宜州、慈州等西北部各城的长官，之后便销声匿迹，如今身在何处不得而知，沉寂得令人毛骨悚然。他起初曾叫嚣进攻江都，但那只是招揽百姓的名目罢了，从其动静来看，丝毫没有要攻占江都的意图。如果只是这种程度的叛乱事件，李藏用还不至于那么震惊。当然从江都也派来了镇压部队，但由于崔坦销声匿迹了，所以江都方面只把这次北方事件单纯看作一次骚乱事件而已。但崔坦事件并非那么简单。

接近西京（平壤）时，李藏用在所到的各个农村中看到到处都贴有告示，说是为了把高丽人民从生灵涂炭之苦中拯救出来，皇上的军队就会到来。圣军不久也会来的。三千蒙军不日即将越过国境。这三千救济军接受皇上的命令，现在

---

①请参照前面提到的"西北面兵马判官"。
②是地方行政的基本单位县的长官。
③旧时天子巡狩、亲征等不在都城时，常让重臣代理朝政，这称为留守，唐代以后演变成了降官名。高丽在自古以来作为要地的西京（平壤）、东京（庆州）、南京（京城）都特别设置了该官职。

已经到了鸭绿江畔。——告示上写得五花八门，但每件事情都不可能实现。赫德携来的忽必烈诏书中虽然写有国王头辇哥率兵东下、平定高丽国等文字，但这多半是恐吓性质，此时离蒙古入国应该还有一段时间。李藏用本身就是为了使出兵命令撤销而正朝着燕都飞奔。此时贴这种布告就意味着这一带有内通蒙古、欢迎其入境的势力存在。当然只能是崔坦和他的同党了。

李藏用自出生以来还没这么震惊过。崔坦十月初作乱，从那之后消息就断了，一直到今天，近两个月的日子过去了。其间，这一带的叛乱者都在策划什么阴谋呢？还有，现在他们身在何处，正在做些什么呢？过了西京后一直到鸭绿江畔，每个村子中都贴有同样的告示，既没有高丽的地方守备军兵，也看不到任何像是崔坦一伙的士兵的身影。城市和村落全都过着平稳的生活。冬天迫在眉睫，百姓们都在忙于为过冬做准备。每进入一个城市或是村落，李藏用都会问当地的居民们最近此地是否有事发生，但所有人都对此一无所知。之前在这里的地方官衙的差役、还有守备的军兵们在崔坦之乱之后全都舍弃衙门，跑得无影无踪了，官衙和兵舍全都空了。而居民们对此都毫不关心，只顾埋头于自己的生计。

李藏用心怀忐忑地渡过了鸭绿江。渡船行到义州和对岸的婆娑府中间时停靠在了辽代所造的大富城所处的河中岛上。在这里，李藏用又听说了一件事。那就是，崔坦为了进入蒙古而来到了岛上，会见了要前往高丽的蒙古使者脱朵儿。之后脱朵儿便放弃了高丽之行，从岛上直接折返了。崔坦也放弃入蒙，直接返回了高丽。李藏用意识到自己之前所怀着的不安不再朦胧含糊，而是形成了一个轮廓。莫非崔坦作乱之后，为保持自己的势力，正在寻求蒙古出兵？在他和脱朵儿之间似乎达成了某种谅解。李藏用想到这里，不禁大叫了一声：

"不！"

船中二十多名随从都不禁往他这边看了过来。那是他对自己正思考的事进行的突然且断然的否定，是他不禁脱口而出的否定表达。事情没那么简单！李藏用那瘦得枯树一般的躯体痉挛似的剧烈抖动着，想停也停不住。他恍恍惚惚站起身来，被身边的侍者们一把抱住。船开到江中，在波浪的相互撞击中，顺着水流以惊人的速度奔驰。李藏用看着略显苍黑的河面，拼命地想要把袭上心头的想法驱散。但它还是执拗地萦绕着。莫非崔坦是要把掌控在手中的北部地区全都归附给蒙古？如果只是请蒙军出兵的话，那北方各个村落中所见的那种告示是毫无必要的。那些文字不可能是为了欢迎蒙军前来诛杀林衍的。它一定是和与那片土地相依为命的百姓们密切相关。

李藏用只想尽快到达对岸。只要进了蒙古人的势力范围，或许事情也就明朗了。但抵达婆娑府之后，事情仍未明朗。那里也有各种种族的百姓在荒凉的原野上守着小块耕地生活，他们看上去和这件事毫无关联。一行人从早到晚都在马背上颠簸，除了午饭时间之外，在任何地方都没有让马停下来歇歇。随从们很担心李藏用的身体，劝他哪怕休息一天也好，但李藏用没有答应。

进了东京（辽阳）之后，街上到处都是兵马，混乱不堪。明显是高丽人的年轻人们身着兵服三五成群地聚在街头巷尾。有像是在服兵役的人，也有从中脱离解放出来、漫无目的四处游荡的人。这些都是归附了蒙古的高丽人中被征作士兵的年轻人。除了这些士兵以外当然还有为数众多的蒙古兵。根据街上的传闻，出兵三千的命令已经下来了，那些士兵们都是在这里待机的。但怎么看也不像只有三千人的样子。还有人说，一个月以前头辇哥、赵璧等被已被任命为东京的行中书省事[1]，已经来到镇上赴任了，关于担任军队指挥

---

[1] 行中书省（行省）的官员。行中书省和行枢密院（行院）、行御史台（行台）并列，是元朝中央官厅的地方派遣机构之一，是统率路、府、州、县等地方行政区划的最高单位。隶属于中书省。中书省以内蒙古、河北、山西、山东作为行政区域，而中书省统辖除上述地区外，还包括地方行政区划的财政、民政、军政。长官是从一品的宰相，下设从二品的平章政事等。

的武将众说纷纭，有人说是抄不花，也有人说不是抄不花，而是蒙克多等等。还有人说先前来赴任的军队指挥者和最近刚来的头辇哥、赵璧等人关系不洽，导致每次的命令都不尽相同。但这个镇具体是由什么样的武将在指挥什么样的军队，实际上谁也不清楚。

进入东京当夜，李藏用听说金方庆也在这镇上，于是四下派出使者，但最后也没找到他的住所。只要跟金方庆见了面，事情多多少少都会有所了解的，另外也能知道自己进入燕都之后应该怎么做，但李藏用的这一心愿并没有达成。

李藏用在东京住了一晚，第二天凌晨就出发了。十二月十五日进入燕都后，他立刻前往太子谌的驿馆，在那里见到了憔悴得快要认不出来的谌。

见到谌之后，李藏用终于知道了，渡过鸭绿江时在船上向自己袭来的那种不祥的念头现如今已经不仅仅是个念头，而是事实了。崔坦竟然想让高丽北部，即北界五十四城、西海六城的军民全都归附蒙古，这简直令人难以置信。目前还不清楚忽必烈对此将会作出何种决断。谌说，忽必烈要发兵高丽诛杀林衍，正让蒙古兵在东京待机，他行事一向谨慎，对于叛乱者崔坦提出的要求，他不太可能会接受。李藏用却不这么认为。因为忽必烈是以林衍擅自废立国王为由出兵高丽的。这其实有点小题大做。忽必烈的目的不是要妥善解决高丽的王位继承问题，而纯粹就是想出兵高丽。这样的忽必烈，就算崔坦心怀不轨，但身为此地实际的统治者，他主动提出要让高丽北部一带的国土归附蒙古，忽必烈又怎会不接受？李藏用没有把自己的这一想法说出来。这样会造成恐慌，也很不吉利。

李藏用办理了谒见忽必烈的手续。既然自己是来上奏元宗复位和入朝事宜的高丽使臣，想必很快就得蒙召见了吧，他想。可意外的是，他接到了要通过中书省①上奏的指令。李藏用立即照办，但总觉得有些不对劲。而忽必烈那边也没有发来新的指令。

这是进入燕都以后才知道的事情了——进驻高丽的部队依旧驻屯在东京，并没有进军高丽，这是因为太子谌对忽必烈提出了请求。请求的主要内容是：在元宗入朝、高丽国内形势明朗之前，希望蒙古军暂缓进驻高丽。谌孤身一人留在蒙古，为解决祖国直面的问题而孤军奋战。但随着李藏用的入朝，事情已经明朗。国王废立的问题解决了，元宗入朝一事也已确定。李藏用本想面见忽必烈，正式上奏此事，让忽必烈撤销派蒙古军进驻高丽的命令，但既然没有获准谒见，

---

① 元朝的最高行政机构。协助敕诏的起草并负责公布，从这一点上来看有立法机构的功能。长官中书令是皇太子的兼官。下设右丞相、左丞相各一人，平章政事四人，作为宰相，掌管右丞、左丞各一人，参知政事两人。下属有吏户礼兵刑工六部，也直辖行中书省。

也就无法实行了。忽必烈既然异常关心高丽国内的纷争,那就理应尽快安排引见李藏用的,但他居然不这么做,对此李藏用百思不得其解。他内心隐隐感觉到一种无法言述的不安。湛自己也再三请求面见忽必烈,但忽必烈总以政务繁忙为由没有作出批复。

李藏用进入燕都几天后的十二月十九日,元宗离开江都入朝蒙古。一行人约七百人,蒙使赫德亦同行。留守期间的政务都交由湛的弟弟惊代为处理。林衍也被忽必烈要求随元宗一同入朝,但林衍却没有加入。既然元宗已经复位,忽必烈要求入朝的命令也就没有什么意义了,这是林衍的想法,也是他的解释。当然,他很害怕入朝蒙古。在高丽政府内部,并没有人劝林衍入朝。他在国王废立一事上遭受了沉重的打击,这来自忽必烈施加的压力,而在高丽内部,他依然掌控着名为三别抄①的江都特别警备队。对现在的林衍来说,他就像一只受伤的野兽,谁也不知道在形势变换之下他会做出什么事来。

元宗一行离开江都当天就到了开京,当夜就住宿于此。在开京的临时行宫里,他度过了难熬的一夜。第二天二十

---

①"别抄"指骁勇之士组成的选拔军,原本是战时的临时军队,渐渐成为常驻军。由左右两支夜别抄和一支神义别抄组成。随着蒙古的侵入,政府转移到江华岛后,他们也一起迁移,1270年元宗降服回到开京后,他们依旧留在江华岛反抗蒙古以及高丽政府。

日，他意外地见到了忽必烈派来的诏使。一行人只得改变行程，又在开京多停留了一天。诏令和之前有所不同。那是给高丽叛乱者崔坦下达的，同时也发到江都君臣手中。也就是说，忽必烈这次是给崔坦下的诏令，却要让江都君臣也都了解，于是相同内容的诏书就被带到了这里：

——高丽国龟州都领崔坦等及西京五十四城、西海六城军民等，近崔坦奏高丽逆臣林衍遣人诱胁众庶及其妻子，俱令东征。且曰："若不从令当戕害。"尔等审其顺逆不从逼胁，剿诛逆党，以明不贰，其义可尚。今坦已加敕命，自余吏民别敕行中书省，重为抚护，惟尔臣庶，仰体朕怀，益殚忠节。

元宗简直不敢相信自己的眼睛。他用颤抖的双手接过诏书，看了一遍又一遍。崔坦一伙人叛乱之后，为保全自己的势力而请求蒙军来援，此事元宗通过入朝途中的李藏用派回江都的使者已经获悉了。但忽必烈竟会满足一个叛乱者提出的要求，这他做梦都没想过，所以这件事一直没放在心上。但从这封诏书来看，事态远不止如此。给崔坦及其同伙的这封军功状，其言辞让人不寒而栗。显然叛乱的崔坦杀了自己的长官，以西海、北界六十座城向蒙古提出内附，忽必烈接受了他的请求，于是才有了这封诏书。忽必烈表示从今以后会对新纳入自己领土的西海、北界的军民多加抚护，故要求他们务必尽忠。可以看出，这封就是最原始的那份诏谕。"今坦已加敕命"的意思是，他还另外给崔坦下发了别的诏敕，满足了他的愿望。"自余吏民别敕行中书省，重为抚护"，当然就是让新附的军民们明白他们由谁管理。至于"惟尔臣庶，仰体朕怀，益殚忠节"这一措辞，则是要明确高丽人民和忽必烈之间是明明白白的君臣关系。

元宗立即给忽必烈写了奏文，并委托使者先行赶路。

——予全蒙大造，仁觐天庭，已于今月十九日上途，猖獗奔走。近者小邦边民，啸聚西都，多杀守令，欲逃其罪，至以贝锦之辞冒黩上朝。凡其情状，验取节次先行使介言说，辨其曲直，缕达天聪，益加护恤，永使残邦无失其民，万世供职，是所望也。①

奏文的措辞多少有些过激。元宗数次订正，但越是修改措辞越显激烈。于是决定采用最初草拟的奏文。

了解这一事态之后，赫德提出和先行的使者同行。赫德这么做是想为元宗尽微薄之力。在蒙使的眼里看来，忽必烈

①"大造"：很大的幸运。"贝锦"：华丽的词句。"节次"：定期。

的这一诏旨也欺负高丽太甚了。

元宗一行人在二十一日离开了开京。离开开京后每天都下雪。一行七百人排成一长列，沿着白茫茫一片的雪原往北走去。因受到风雪所阻，行程极不顺畅，二十七日总算进入了西京。自从过了西京之后，元宗的心情开始渐渐平复。忽必烈所下的诏敕并非在责怪自己入朝迟缓。他之前也接到过忽必烈怒气冲冲的过激的言辞，责怪高丽没有尽到作为属国职责的诏书。但是，当自己详细地诉说高丽疲敝的国情，请求延期履行职责时，不也当即获得他的同意了吗？如今情形相似，只要自己吐露真情，表达诉求，他肯定也会接受的。忽必烈就是这种人。想来，自己这边也不能说毫无过错。先前派了金方庆去，但金方庆是为了向忽必烈解释国王废立一事而派出的使者，与其说是自己，不如说是林衍派出的使者。金方庆当然无论在何种场合下都不会危害国家的，但是对于金方庆，忽必烈原本就不认可。而作为上奏复位情由的使者，忽必烈以前就没对李藏用抱有什么好感。现在想想，这种情况下，李藏用并不见得是合适的人选。而太子谌在事发之前就已入朝，现在还住在蒙古，他对此事的原委可以说是一无所知。

忽必烈最信任、最有好感的不是别人，而是自己。如果自己先行入朝的话，就不会出现像今天这样混乱的局面了。

没这么做是高丽的不幸。但现在还不晚，元宗想，忽必烈是给崔坦下了敕令，但实际情况是，他不是还没有把一兵一卒派往高丽吗？

——干戈相交的旧时代已经结束了。今后两国保持友好关系，永远亲如一家地和睦相处下去。

元宗忘不了十年前相遇时忽必烈那温和的脸色。他至今还能清晰回忆起听到忽必烈话语时心底涌上来的感动。

一行人在大晦日（三十一日）那天到达了清川江畔的博州。这一天，元宗迎来了身处东京（辽阳）的李藏用、金方庆二人派来的使者。他不知为何二人还在东京，但能在进入燕都之前见到二人让他感到无比高兴。

但正是由于是这两位重臣特地派出的使者，他们携带来的文书上写的内容才更显非同小可。文书的主要内容是说，崔坦一伙乞求李延龄派兵，对此，忽必烈决定让蒙将头辇哥率二千名军兵前往，此命令已经下达到东京的行省①。头辇哥现已身在东京，正为进驻高丽做准备。希望元宗即刻派遣急使求见忽必烈，阻止此事发生。

当晚，元宗就给忽必烈写了信函。在他下榻的寺院的某

---

①指前面提到的"行中书省"。

间房里，深夜依旧还亮着灯，许多人进进出出，很是繁忙。元宗和一行人的三名高官商议之后，才写了要呈交忽必烈的奏文，最后还把收件人改为了中书省。

——"今闻小邦叛民崔坦等驰告上朝，托以京兵欲侵，请送天兵二千许遮护，而帝决已到行省矣，是事不难别白。予早知其叛，而不一问罪者，以其投附上朝也。今既上途空国，而谁肯以兵来侵。待臣近观龙颜，仰奏一言，然后遣兵未晚也。安有国君躬进帝所，而兵入其境，百姓惊动者乎。伏望诸相国阁下以此情状具奏天聪，悯予父子勤王之恳，扶护始终。"

对高丽来说多灾多难的至元六年就要过去，明天就是至元七年（西历一二七〇年）、元宗十一年的元旦了。元宗让负责呈递文书给中书省的十几名使者骑马先行，之后开了一个简单的新年贺宴，等这一切结束之后，立刻朝燕都进发。今年这一带积雪很少，但雪依旧每天都在下，寒风彻骨，人马都疲惫不堪。一月五日，元宗把一行人分为两队，壮者百人编队先行，元宗自己也加入其中。

一月九日傍晚时分，元宗和李藏用、金方庆等数十骑人马在茫茫雪原之中会面。他们是为迎接元宗而从东京赶来的。出迎的骑兵队分列道路两侧，待以元宗为中心的队伍一穿过其间，他们就汇入元宗的队伍后面。李藏用和金方庆也骑马跟在元宗队伍后面，但在元宗命令之下，二人立刻打马前行，和元宗并驾齐驱。有好一阵子，主从之间一言不发。李藏用是十一月二十七日离开江都的，所以这是元宗时隔四十多天与李藏用会面，而金方庆是九月离开的江都，两人是四个月以来首次会面。相互间要说的话堆积如山，但又不知从何说起。他们各自在不同的场所、从不同角度目睹国家动荡，自己也随之心潮澎湃。

"现在应该怎么办？"

这是从元宗嘴里说出来的第一句话。

"尽快赶去燕都，面见忽必烈。还不晚。"

金方庆用手掌擦了擦自己被雪润湿的脸说。

"面见忽必烈能阻止他出兵高丽吗？"

"无论如何都要尽力阻止。如果蒙克多军队进驻高丽，那么高丽北部一带就成为蒙古的直辖地，高丽就要丧失自己的版图了。蒙克多军接受东征的诏令来到了东京，正等待着最后的出征命令。命令随时可能在今天或是明天下达，事态十分紧迫，之所以拖到今天都没下达，是因为太子一直在恳求等待我王入朝，忽必烈也不好断然拒绝。忽必烈现在就是想进驻高丽，这是显而易见的。但此事无论在谁看来都不合情理。利用崔坦请求内附一事，以讨伐林衍为名进驻高丽，这显然属于侵寇。我王面见忽必烈之后，如果以理相诉，忽必烈也不能胡来，只能收回进驻高丽的成命。因为谁也不能颠倒黑白，把河的上游称为下游啊！"

金方庆说道。他并不像往常那样磕巴，想表达的地方都表达得很清楚。金方庆不认为此次事件是因为忽必烈误解高丽发生了不祥事件，说到底就是要以林衍的国王废立事件和崔坦之乱为由进行侵略。但忽必烈也不能无理地反驳太子谌的诉求，所以只要元宗和他会面了，或许事情就得到解决了。

李藏用沉默不语。元宗感觉老宰相的躯体又瘦小了一两圈。他想对李藏用说点什么，但李藏用只是一味摇头，表示自己不认同金方庆所说的话。他说道：

"要做好心理准备。我觉得忽必烈是想等我王到燕都会面之后再发兵高丽。忽必烈这种人，一旦决定了就无论怎样都会做下去，这次怎会有例外？出兵的理由怎么都能说得通的。但就算大同江以北的地方被并入蒙古了，也不能收服当地的高丽人的心。而且大同江以北只不过是高丽国土的几分之一而已。就算高丽丧失半数的国土，哪怕丧失了三分之二，只要高丽的国名之下还有半寸土地，总有一天它们都会回到一起的，不可能抹杀原本存在的高丽。现在我们既要做好以防万一的准备，也要做好心理准备，无论发生什么都不能气馁。"

他的话语表明，他认为最糟糕的事情一定会发生的。

"李藏用啊，你在哭吗？"

元宗问。李藏用的脸湿了，元宗并不知道那是被泪水打湿还是被雪花润湿的。

"为什么要哭？这点小事有什么可哭的！我李藏用会把眼泪留到真正需要哭的时候。"

李藏用说着，就像先前金方庆那样用手掌抹了一下脸。

两天后的十一日，元宗一行人进入了东京（辽阳）。东京城内外都被兵马淹没了。时任东京行中书省事的头辇哥、赵璧等武将们各自率兵驻扎于此，另外，接到了出征高丽的命令的蒙克多也正率领准备完毕的军队蓄势待发。诏书上说进驻高丽的兵力为二千人，但蒙克多所率部队绝不止这些数。单是以归附蒙古的高丽人编成的部队就超过二千，再加上蒙古兵组成的部队，数字要远超二千。

在最初集结至东京的命令下达到蒙克多军队的九月，金方庆就被命令和蒙克多军一道转移至东京，从那之后就一直留在这里，而蒙克多军的兵力连金方庆也不清楚。部队不断地转移。有从东京撤到后方的，相反，也有从后方进入东京的。为什么要这样不断地替换队伍呢？金方庆不得而知。

蒙古的领导层让金方庆和蒙克多一道留在东京，恐怕是想让这个高丽将军在进驻高丽时充当参谋。李藏用似乎也是因同样的目的才被转移到了这里。

元宗在东京住了一晚，第二天十二日就离开了东京。李藏用、金方庆也想随元宗同行，于是向行中书省奏请，但未获批复。元宗一行朝着燕都一路进发。他从没有像现在这样觉得到燕都的道路如此遥远。想到太子谌此刻或许也正一日三秋、望眼欲穿地盼着自己到来，他便无暇顾及在马背上颠簸的辛劳了。

元宗还没有放弃只要见到忽必烈就一定能打破困局的想法。这一点和金方庆类似。他不愿像李藏用那样撇开忽必烈去考虑问题，而且这种情况下这么想也无济于事。

在离开东京第五天的下午，一行人与一队蒙古军擦肩而过，他们的行进方向与一行人相反，正往东边赶去。有骑兵，有马拉着车的运输部队，也有徒步的士兵。士兵们急着赶路，脸上的表情看上去和往日截然不同。军队不止一支。一支军队刚消失，别的军队又过来。元宗一行人不得不因此不时避让到道路两旁。他只觉事非寻常，但又不能向行进中的部队开口询问他们要赶往何处。

那天元宗一行很晚才抵达一个村子宿营。从村里一个长老那里听说，白天那些军队之所以迁移，是因为让蒙克多军队进驻高丽的命令最终下达了。如果这是真的，那么蒙克多军今天就是要离开东京赶往高丽了。而白天与元宗等人擦肩而过的、洪水一般往东开进的那几支部队，要么就是等蒙克多出征后轮换驻防东京的部队，要么就是和蒙克多军一样要进驻高丽的部队。

一切都太迟了。眼看还有十天左右就要进入燕都了，可是忽必烈就等不及了，已经下令出兵了吗？如果是这样，那么不得不说，别说金方庆了，就连李藏用所设想的也过于天真了。在一家民宅的一间房中，元宗几乎彻夜未眠。他熄掉蜡烛，呆坐在暗夜之中，心里一个劲儿地祈祷长老所说的都是错的。

第二天从一大早开始，一路上也和很多队伍擦肩而过。每遇到一支部队，元宗都要派侍从到该部队的长官跟前去。长官们说的话都一样。他们自己也不知道要去哪里，可能到了东京后会有新的命令下来，走一步算一步。一行人这一天给东进的部队让了好几次路，为此不得不长时间停留在村子里。

直到一月末，元宗一行才进入了燕都。这比原定计划晚了十多天。从一月下旬起，天气就很恶劣，暴风雪的日子很多，有些日子完全被堵在村里，一步前进不了。就算不是天气原因，每天也会被东进的部队拖住行进的脚步，有时大半天都只能待在村中。

终于要进入燕都的那天早上,忽必烈派来了使者。在一个小村子中的寺庙中的一间房里,元宗接见了使者。使者是洪茶丘。这是时隔十年之后元宗再次见到洪茶丘。当时在燕都,他是前来报告元宗的父王高宗死讯的使者,想到这里,他发觉洪茶丘已经长大得快要认不出来了。当时他才十六七岁,而现在,脸上那种稚气完全消失了,现在的他,已经是一个相貌堂堂的青年武将了。他肩膀宽阔,眼睛清澈,眉清目秀,声音平静。但这种外表给人的感觉比过去更加冷漠。

在看到对方第一眼的瞬间,元宗就有了一种预感,那就是,这次从对方嘴里说出来的绝不会是什么好话。

洪茶丘带来了忽必烈给高丽君臣的诏书。相关信息已经由别的使者携往江都了,说完之后,他把诏书放到了元宗的面前。

——朕即位以来,闵尔国久罹兵乱,册定尔主,撤还兵戍,十年之间,其所以抚护安全者,靡所不至。不图逆臣林衍自作弗靖,擅废易国王禃,胁立安庆公淐,诏令赴阙,复稽延不出,岂可释而不诛。已遣行省率兵东下,惟林衍一身是讨。其安庆公淐本非得已,在所宽宥。自余胁从诖误,一无所问。

诏书的日期是一月十七日。读完诏书，行过礼，元宗就把它装入了盒中。诏书中提及了发兵讨伐林衍一事，但北界四海的内附问题根本没有涉及。为了讨伐林衍一人，就需要那么庞大的一支部队进驻高丽吗？

元宗询问洪茶丘崔坦内附一事，洪茶丘立刻回答道：

"帝嘉其忠节，已经准其所乞。"

"那他所乞的是什么？"

"北界、四海的六十城。"

"那又准了什么？"

"准其以慈悲岭为界的北部一带内属。决定改西京为东宁府。负责奏报此事的使者已经从燕都出发了。"

元宗拼命地支撑着自己的身体。一切都完了。就算明天见到忽必烈，蒙古兵也已经进入了高丽，慈悲岭以北已经被纳入了蒙古的版图。这个不祥的年轻使者留下像虚脱了似的瘫坐在地的高丽国王，离开了。

一月的最后一天，元宗进入了燕都。比元宗一行晚几天离开东京、一直匆匆追赶的李藏用也在这一日进入了燕都。蒙克多军离开东京，虽名义上是要诛杀林衍，而实际上是为了占领高丽北部。金方庆也被命令和蒙克多军同行。不知为何，李藏用被解了任，身份完全自由了。或许他是因为高龄以及健康状况不佳才遭到这种待遇的。李藏用和金方庆告别后，紧随在元宗一行之后再次进入了燕都。按照中书省的安排，元宗被分到了位于都城中央那壮丽的王宫一角的某家驿馆，其他人则被分到位于城内西北部的寺院街上的宿舍里。

第二天，元宗在王宫大极殿拜见了忽必烈。一行人中，以李藏用为首的数名重臣获准和元宗一同拜谒忽必烈。这次会见是礼节性的、形式上的，很短时间内就结束了。忽必烈就林衍废立国王一事询问了元宗和其他两三个人几句之后，似乎不太关心，在回话的人说完之后只是向对方点了点头，自己没说什么。元宗汇报说自己复位之后国内事态基本平复了，忽必烈对此也只是用力地点了点头，表示基本上都清楚了。然后，又反复说了一些类似于如果有什么愿望就上书给中书省，不用客气，想做就做之类的话。

对元宗而言，包括这次在内，忽必烈无论如何看上去都不像是一个苛酷的统治者。实际上在忽必烈的命令之下，高丽正遭受着让人难以置信的、毫无道理的侵略，但元宗一直有一种想法，那就是，这其中或许是出了什么差错，不久之后一切都会恢复如初。像忽必烈所说的那样，只要上书给中书省，一切事情都会迎刃而解的。一定是的。否则，忽必烈怎么会以这种态度接见自己？忽必烈温和的面庞和身上散发的魅力和以前没什么两样。只是明显比以前更沉默寡言了。此时的元宗五十二岁，忽必烈五十六岁，元宗更为年轻，但任谁看上去都不像。元宗看上去比实际年龄更老，老年的阴影正悄悄地靠近他，而忽必烈显得比实际年龄要年轻，仿佛正值壮年，精力充沛。

短暂的会见结束了。从忽必烈面前告退之后，元宗和李藏用在元宗驿馆的一个房间里进行了一场只有两个人的会谈。元宗征求李藏用的意见，问他，如果上书给中书省，索还崔坦献上的六十城，这样事情或许会有所改观，只是不知该怎么做？李藏用说，原以为这次在我王进入燕都拜见忽必烈之前，蒙古无论如何是不会出兵的，但现在看来自己的想法还是太天真了。忽必烈在知道我王不久就要进入燕都之后，并没有稍作等待，立即就发兵了。或许这就是善于用兵的将领的做法。对于这样的忽必烈，现在就算想索还六十城也没用的。何止是六十城，忽必烈肯定是想把整个高丽都据为己有。但也不是毫无办法。那就是，高丽要顺着蒙古领导人的意思，将计就计，主动表明自己真心想成为其属国，显示甘心把命运交到对方手里的态度。

"乞求公主下嫁太子也是一个办法。关于旧京出排一事，奏请若干士兵相助也是一个办法。目前只有这两个办法。如果能获准公主下嫁，那太子和忽必烈就是父子关系，我王和忽必烈也就有了关系，忽必烈也不能对我王所管理的国家做出荒唐的事情了。还都一事也能仰仗忽必烈相助，同时也能证明我们没有二心。这样一来，关于北界西海六十城返还一事，或许忽必烈也能通融了。老朽李藏用目前也只有这等小智慧了。"

李藏用说道。元祖立即跟谌商议，谌也同意李藏用的提案。当晚，谌和李藏用便起草了上书给中书省的文案。李藏用和往常不同，他反复斟酌上奏文案，总感觉心里有些不安。现在的他，对自己做的事情也失去了充分的自信。

四日，谌和李藏用二人所写的上奏文被送到了中书省。几天之后，元宗又再次通过中书省提起了北界西海六十城的还附问题。

过了大约两天之后，永宁公绰、洪茶丘二人携带忽必烈的回函来到了元宗的住所。洪茶丘的父亲洪福源为永宁公绰进谗言所杀，所以对洪茶丘来说，绰是他的杀父仇人。现在两人都成为了管领归附军民总管，分管东京和沈州的高丽人，但显然两人相互之间没有任何好感。这次一起作为使者前来，这让元宗父子和李藏用都觉得不可思议。洪茶丘起初就像是一个公证人一样站在旁边等着，而绰则担当着使者的角色，是忽必烈的代理人。

"按照鞑靼（蒙古）的习俗，也有通媒合族一说。如果是诚心结交的话，怎能不许。不过，如今尔等是因其他事由来到我国。不如尽早还国抚民。公主的事情这次暂且不提也罢。"

席间坐着元宗、谌、李藏用三人。元宗和谌深深地低着头听绰说话，而李藏用则备受煎熬，他以屈辱和悲愤的心情看着绰。如果这是亲口从忽必烈嘴里传出来的话还能忍受，从曾经作为高丽的质子前往蒙古、现在对本国完全不怀好意的人的嘴里说出来，这让他难以忍受。李藏用对于自己的愚蠢感到十分气恼。眼下忽必烈根本没必要把公主许给高丽太子。因为，就算不把公主给高丽，他不是照样能稳步推行对高丽的政策吗？

接着，洪茶丘站起来说道：

"上书中书省索求兵马一事，陛下已经应允，最近就会派出头辇哥作为殿后军了。"

绰是替忽必烈说出那番话的，而洪茶丘则是以自己的语言说的这番话，多少让人感觉委婉。

李藏用脸色煞白。这算是好事吗？本来是为了顺利还都而索要若干士兵的，现在忽必烈却要安排兵马进驻江都。

"其他的呢？"

李藏用替元宗问道。还剩下六十城还附的事情没说呢。

"其他好像没有什么回复了。"

洪茶丘说道。

"辛苦您了。对于陛下的话,我们多少还有点疑问,那就改天再上奏,再听听陛下怎么说吧。"

李藏用说完站起身来。他只想尽快把这两名使者送走。

永宁公绰和洪茶丘刚走,李藏用就跪到元宗和太子面前,对自己的献言给国家带来的灾祸请罪。元宗和谌一时之间也无言以对,过了一会才终于开口说道。

"我们所奏请的事情一定没有被传达给忽必烈。如果是原样传到忽必烈那里的话,不会这样的。"

元宗说完,谌也表示同意。李藏用当然不同意。所有的事情毫无疑问都是忽必烈的意思。

第二天元宗上书请求撤回头辇哥出兵的命令,取而代之的是,请求派遣达鲁花赤。达鲁花赤是司政官,这和派遣兵团并没有关系。

——若前后大军到国,则恐百姓惊窜,抑供忆难支,也请停后军,且大军留屯古京(西京),毋令越境。

对此,忽必烈没有答复。十二日元宗和谌被召到王宫觐见忽必烈。元宗和谌被带着穿过长长的回廊,钻过几个门口,沿着铺得很整齐的地毯直接走到忽必烈的住所。街上有积雪，但宫城里却一点也没有。地毯两旁排列站立着全副武装的弓箭兵和长枪兵。从太极殿的广场开始，穿着品服的文武百官分列成三列，一直持续到太极殿里。元宗父子还从没有像这样谒见过忽必烈。对于元宗和谌来说，这些天的忽必烈像是忽然成为了一个巨人。他看上去比平时心情要好，总是笑眯眯地说话，但元宗和谌又不能总是直勾勾地盯着忽必烈看。他们把头低了下来。忽必烈给元宗赐了礼物，命头辇哥派护送他们即刻回国。元宗和谌在忽必烈面前一句话也没说上。元宗以前是可以和忽必烈自由交谈的，可这次无论如何也说不出来。为什么会这样？元宗自己也不清楚。

第四章

元宗、太子谌、李藏用还有去往燕都的一百多名随从于十七日一同离开了江都。赴燕都途中的一行七百人之中,有六百名是分开行动的,在进入东京后他们便留在了当地,并没有去到燕都,元宗一行人要在东京和他们会合后再一同回国。和来时一样,雪每天都在下,而且还刮起了大风。同样是为雪所困,但来时总想着尽快赶往燕都,情绪高涨,归途则不然,对一行人来说,是一段充满苦涩的旅程。一望无际的天地之间被涂成白茫茫的一片,河面只看到尚未完全冻结的一小块地方露出了些许蓝色。

第五天时他们进入了一个有着一座大寺院的城市,元宗发了烧,只能卧病在床。李藏用和谌商量后,决定留在那里,一直等到元宗的病痊愈。虽然大家都想尽快回国,但是江都已委托给惊代理,应该不会有什么问题。现在西京已经为头辇哥的军队所占据,林衍不可能再有什么异心了。如果有,那就只能说是自取灭亡了。无论是对元宗、谌还是李藏用来说，这次归国的旅途对他们来说实在是太过艰难。北界西海六十座城已成为蒙古的直辖地，去到东京后就得和进驻高丽的殿后军头辇哥的军队同行了。头辇哥的军队在还都之前一定会驻留在开京、江都的，在还都实现之后他们到底会不会撤走还是个疑问。从忽必烈之前的做法来看，说它是一支半永久的驻留部队也不稀奇。

元宗的病情两三天后就有了好转的趋势，但李藏用决定不能有丝毫的勉强，于是又让一行人停留了好几天。之后的某一天晚上，李藏用做了一个梦，他梦见林衍因为背部的疽发作而死去了，这毫无疑问是个梦，但梦醒之后，李藏用还沉浸在那完全分不清是梦还是现实的感觉中。梦中出现了林衍的次子惟茂，他请求赐给自己病死的父亲参知政事一职，自己则想当校定别监①。李藏用被惟茂带到了别的房间，那里躺着林衍，走到旁边仔细一看，果然已经死了。

在凌晨微微发白的房间里，李藏用睁开了眼。林衍是不是真的死了？如果林衍已死……他的内心五味杂陈。林衍废立国王导致了高丽如今面临的困境。从这个意义上说，祸害国家的人死就死了，没什么了不起的，但除了对一个死者感觉到冷漠之外，其间还夹杂着悲哀和愤怒。这不仅仅是说林衍，在金俊被杀时，还有在金俊之前显赫一时的崔氏一族被

---

①纠察国家的违法行为的官员。别监是临时的官职。

打倒时，李藏用都有同样的想法。这些武将生前都把守卫江都的特别守备队三别抄掌控在手中，对三别抄的力量过于自信，以至于对臣属屈从于蒙古、对在蒙古的皮鞭之下委曲求全的态度并不认同，或多或少都没有放弃据守江华岛的想法。他们在捍卫自己权势的同时，事实上也成为了国家的祸害，但光这样评价他们也不合适。

现在的情况是，林衍之死出现在梦中，实际上他是不是死了还不清楚。如果是真的……想到这里的一瞬间，李藏用脸色都变了。如果林衍的死是事实的话，反对还都的势力就消失了，头辇哥军队进驻的理由不也就不存在了吗？也就是说，高丽又获得了一次上奏忽必烈、建议撤销头辇哥军进驻命令的机会。就算上奏最终无效，但只要还有上奏的机会，那就必须利用。想到这里，他发自肺腑地希望林衍的死不是在梦里，而是现实中真实发生的。

两三天后，一行人离开了那座城市。只上路走了两三天，就又被迫停在了一座被雪覆盖了一半的旷野中的小山村。元宗又卧床不起了。对此，元宗自己和太子谌都显得很焦躁，但李藏用还是觉得元宗的健康最为重要，他反对哪怕有一点点的勉强。一行人在这个村落里住了十多天。等天气平稳一些之后才又出发了。然后又是走一天又在下一个村休养三天的状态。谌说，这样下去的话，等到达江都，漫长的冬天都过去了。李藏用回答说，那也没办法，因为吾王的健康是无可替代的。

李藏用虽然确实担心元宗的健康状态。但并不仅仅如此。他的心里还在期待一件事。那就是使者从江都前来报告林衍的死讯。林衍的死虽然发生在梦里，但从这个梦的真实度来判断，他觉得林衍实际上已经病死在江都了。这一想法在他的脑海里与日俱增，已隐约成形。林衍肯定已经死了。报告其死讯的使者最迟在三月末前就会到达东京的，他想。如果这一行人进入东京时，那个报告已经传到东京行省的话，那么，在随头辇哥军一起向高丽进发之前，必须再试着向忽必烈上奏，以阻止头辇哥军队的进驻。正因如此，李藏用心里才暗暗地打着算盘，最好在四月初之前这一行人不能到达东京。他们到达东京是四月十日，从二月十七日离开燕都到进入东京花了将近五十天，这比李藏用所盘算的日子还要长。

虽已进入东京，但江都的使者还没来。李藏用也就放弃了长久以来自己心里对于林衍已死的妄想。元宗一行人到来的同时，早就等在那里的头辇哥军的一部分就作为先头部队离开了东京。两天之后，剩下的部队也夹在元宗一行前后离开了东京。头辇哥军所有的兵都全副武装，这次出动名义上是为了守护元宗，但部队的阵势也着实吓人。

一行人于当月的二十八日泛舟于鸭绿江上，之后到达了位于江中岛上的大富城。过了江就是故国了，那里现在应该已是蒙古的直辖地了。元宗和谌、李藏用看着江流，全都一言不发。一行人所乘坐的船的前后，满载着蒙古兵的数几十艘兵船首尾相接。

五月初时，被头辇哥军前后护卫着的元宗一行人接近了西京。蒙古兵的身影又出现在了眼前。西京已改名为东宁府，安抚高丽使①头辇哥率领着号称二千、实际数量是好几倍的兵力驻屯在这里。进入元宗等人视线里的全都是头辇哥麾下的兵。

还有一天行程就要进入西京的那天，头辇哥来到元宗的身边，和他商议派使者前往江都一事。说是商议，只是形式上而已，准确说应该是作为东京行省长官的头辇哥单方面作出了决定。头辇哥的部下彻彻都和元宗的大臣郑子玙两人被选出来作为催促林衍入朝的使者被派往江都。这一天是五月六日。在两个使者回来之前，元宗一行人和头辇哥的部队就留在原地。彻彻都和郑子玙二人于十一日回到头辇哥的行营，报告说林衍已于二月二十五日病逝，其子林惟茂已经继承了父亲的官爵。李藏用梦到的事情实际上已真实发生了。

---

①元朝模仿中国固有的制度,在远地设置政治行政部门,称为安抚司。这里指高丽安抚司的长官。

而报告林衍死讯的使者已于三月七日被派往蒙古——派出他的是作为权监国事留守的元宗的第二子惊。所有事情都和李藏用所预想的一样。只是使者没有经过东京，这一点李藏用没有想到。

元宗让使者郑子玙携去命江都臣僚还都的诏谕，对此江都的百姓们都很平静。诏书内容如下：

——帝使行省头辇哥国王及赵璧等率兵护寡人归国，仍语之曰："卿归谕国人悉徙旧京，按堵如旧，则我军即还，如有拒命者，不惟其身，至于妻孥悉皆俘虏。"今之出陆毋如旧例，自文武两班至坊里百姓，皆率妇人小子而出，又漕运新兴仓米一万石以支军饷及行从之备。且虑愚民见大兵压境，必致惊动，宜速传谕，令诸道民安心乐业犒迎王师。①

头辇哥军队先出发，间隔一天后元宗一行人也出发了。十六日时元宗到达龙泉驿，在那里，从江都来的使者告知了他林惟茂被杀、李应烈、宋君斐等武将们被流放海岛的消

---

①"妻孥"是妻儿。"两班"，高丽和李氏王朝的官僚组织，或是社会特权身份阶级。官员分为文班（东班）、武班（西班），于是产生了两班的说法。初期的两班是官吏的同义词，但逐渐成为特权身份阶层，和常民阶层、奴婢阶层相对。"犒迎"是赠送食物犒劳着迎接。

息。具体情况不详，前来报告此事的使者自己也不了解情况。元宗、谌和李藏用这下才知道江都的动荡与混乱。但林惟茂已经被杀，被流放到海岛的李应烈、宋君斐等武将们原本也反对还都，从这一点来看，在元宗等人进入江都之前，反对还都的势力就已消亡殆尽这种观点是成立的。就这一点来说，事态的发展对还都一事还是有利的。

头辇哥部队五月二十日回到开京后便驻屯在升天府。他直接派人去江都抓了林衍的妻儿。元宗一行人也晚一天进入了开京。头辇哥逼迫元宗即刻实施还都计划。和元宗商议之后，李藏用也觉得事态既然已经如此发展了，或许一口气把江华岛的居民都转移到开京能更好地防止事态的恶化。于是元宗于二十三日命令江华岛的居民还都。

返回的诏使报告说，三别使坚决反对还都，江华岛当即就陷入了混乱。岛内好几处地方都起了火，发生了小规模的战斗。

第二天是二十四日，岛上的一千几百名居民很多人只穿着衣服跑进了开京，人人都说，想离开江华岛越来越难了。分不清到底是盗贼还是三别抄士兵的人正在海上追捕从甲串津、草芝津、碧澜亭等三个渡口向大陆本土转移的居民。

二十五日，和前一天差不多数量的脱岛者进入了都城。据他们的报告得知，三别抄在岛上各处都贴了禁止离岛的布告，居民们把妻儿、财宝堆在小船上漂在江上时，不断被三别抄的兵船追杀。头辇哥逼元宗同意自己亲自率兵出战以平息事态，但元宗、谌和李藏用都强调己方要亲自处理此事，拼命制止头辇哥军队出动。他们必须极力避免头辇哥军的出动刺激到三别抄。因为，原本三别抄会做出这等举动，就是因为头辇哥的大军进入了开京。

李藏用把入朝蒙古时的一行七百人和为了迎接元宗而从江都来到开京的三百名左右的将士派到与江华岛相对的几个地方，让他们负责收容从岛上脱身的人。脱逃的人不分昼夜身无一物地逃往江岸。夜里，本土和岛上都点了篝火，于是汉江的水流都呈现出异样的红色，可以看到大大小小的舟艇在红色的水面上你追我赶。

二十七日凌晨，元宗把郑子玙派到江华岛告谕三别抄，同时自己也亲自驻辇于文殊山山腰上的文殊寺中，文殊山和江华岛近在咫尺。接近中午时分，宫城里的妃妾、侍女们等一群人都成功逃离江华岛，进了升天府。下午，元宗又把将军金之氐派到江华岛去宣抚三别抄，但没有任何的效果。这一天头辇哥又逼元宗出兵，元宗恳求他再通融两天。

二十八日元宗又把数名武将派到了岛上，但赴岛的使者尽数为三别抄所捉。这天夜晚，焚烧江华都城的火焰照亮了整片天空，从开京都能望见。

二十九日，元宗和谌、李藏用合计之下，最终宣布解散三别抄。谁都明白，再这样下去事态就难以控制了。高丽的当权者们不想让头辇哥的军队出动，那样局面会更混乱，于是选择解散三别抄。元宗安排一名被俘的三别抄的士兵携带诏书前去岛上传令。可以想象，因为这道解散三别抄的命令，三别抄内部必定会出现种种不统一的看法，如此一来，他们那原本有组织的行动也就自然瓦解了。

三十日，江上异常的平静。岛上逃出的大大小小的船只可以畅行无阻地渡江。之前所发生的就像是一场梦，三别抄的兵船一艘都看不到，都消失得无影无踪了。

六月一日，从岛上逃出来的人们报告说，将军裴仲孙已经成为了三别抄的统帅，他拥立永宁公绰的长兄承化公温为王，并组建了新的官府。这样一来事情就不只是混乱，而是明显往内乱的方向发展了。

第二天的六月二日，头辇哥传令麾下的三千名士兵出动，随时准备进攻江华岛。舟艇被从沿岸的各个村落中征集而来，分布在十余处。元宗和谌、李藏用此时已经没有任何理由去阻止头辇哥军出动了。

三日，李藏用和太子谌两人决定前往江华岛。李藏用还没放弃平息事态的希望。他要在蒙古兵登陆江华岛之前再见一次三别抄的首脑们，以阻止国土陷入更大的混乱中。李藏用和谌从升天府乘船前往江华岛已接近中午时分了。两人带了数名随从，先从岛北端登陆，而后乘上了同船运来的马，接着再向江都进发。他们没有带很多随从，因为担心这会刺激到三别抄。

一行人路过的几乎每个村子里都看不到人影。据偶尔出现的一个老爷爷所说，听说蒙古兵来了就会杀人，所以村民们都躲到树林里去了。而在另一个村子，只看到一个站在路边的青年，询问之下才知道，三别抄想征召每个村子里的男女，所以村民们全都跑到山里躲起来了。他们所说的都各不相同。

接近江都时，村子里倒是还能看到村民们，但很多人都趴在地上大哭大叫。说是年轻人全被三别抄抓上了船，随三别抄一起往南边去了。女人们的丈夫和孩子都被抓走了，她们撕心裂肺的哭声响彻天地间。

一行人进入了江都。江都的样子全变了。所有的房子都已被毁，家中的物件散落在路上，王宫的一部分和官衙街都被烧毁，还有些地方在冒着烟。王宫里有少数的士兵在守护，惊倒是没事，但金刚库①的大门已经被毁，其中的大部分兵器已被抢走。

---

①武器库。

据悰所说，将军裴仲孙和夜别抄①指谕卢永禧二人作为首谋者发动了这次叛乱。他们拥立承化公温为王，把金刚库里的兵器分发给士卒们，今天一大早就把公私财物、妇女儿童都放到了船上离开了江华岛。撤退的船首尾相接，一直从仇浦连到缸破江，数量多达上千艘。恰好百官们都赴开京迎接国王去了，他们的妻儿很多都被三别抄抓住了。将军李白起和玄文奕的妻子、直学②郑文鉴等都因反对裴仲孙而被斩杀。

李藏用先派使者前往开京，然后直接封了金刚库，在全岛张贴布告以安定民心。又派人把因渡江而溺死漂过来的尸体收集起来烧掉。

三天之后，还都正式开始。王宫、各个官衙都被搬到了开京，武人和官吏们把自家所有的物品都搬到了开京。高丽王朝断然实施重返大陆的计划。但谁也不曾预料到的是，还都居然是在如此混乱、牺牲如此之大的情形下实施的。还都开始当天，江都的天清澈得一片云都看不到。天上的太阳十分耀眼，在所有人的眼中看来都显得那么空虚。江都在一日间便成了一片废墟。在这片废墟尽头，有初夏的风拂过，海的声音听起来很近，大群的鸟儿落到了北边的城墙里。

---

①请参照前面提到的"三别抄"。
②宋元时期路、府、州、县等书院中掌管钱、谷的人。

搬到开京就是回到了旧都,在所有人的眼里看来开京都是一座崭新的都城,崭新得让人感觉陌生。六月中旬,当新都城里临时的官衙和给文武百官们建造的粗劣的府邸在不分昼夜加紧建造时,前一年夏天离开江都前往日本的国信使金有成等人回来了。一行七十人从开京的南门进入。虽说是南门,但城门皆已毁于战火,夏草从铺设在地面的大块条石之间探出头来。一行人就从那里进了城,在两处蒙古兵的屯所接受了查验,然后沿沙尘飞舞的都城大路径直向王宫走去。一行人先是在临时搭建的宫殿的一间房里接受了茶点接待,但每个人都因心系着家人的安全而忧心忡忡。

金有成径直谒见了元宗,上奏了日本之行的前后经过。一行人是去年九月十七日到的对马岛,在伊奈浦短暂停留后,奔赴九州太宰府,住进了守护府。今年二月之前一直留在当地等候日本朝廷的返牒,但最终还是没有等到,于是只能回国。

根据元宗的指示,金有成要把事情的原委上奏给忽必烈,于是他在第二天便踏上了入朝蒙古的旅程。

放弃江都逃到海上的三别抄曾作为江都的警备队立下赫赫战功,但眼下只能被冠上叛乱暴徒集团的名号了。作为元宗也不得不放弃了叛军三别抄,六月十六日他把参知政事申思佺作为讨贼将军派到了全罗道。申思佺所率士兵仅有一百人。他在全罗道听闻三别抄在大陆上现身,于是又折返回了开京。谁也不知道他是因为害怕三别抄而逃回来,还是因为在做好被羞辱的思想准备后,决定避免与常年同为高丽军一翼、一起共参国事的三别抄交战。对此,他什么都没说,只是一味蛰居。即日申思佺就被免了官职。

三别抄拥立承化公温并设置官府是不可饶恕的行为。但他们这么做与其说是对高丽王朝的背叛,不如说是对长久以来一直压迫高丽的蒙古的反抗,是这一反抗意识积累后突然爆发的结果。蒙古军以监视还都为由进驻高丽只不过是导火线而已。因此除了那些被三别抄夺去妻儿、杀掉亲朋好友的人之外,一般的民众就算不希望他们势力增强,也不一定都盼着他们灭亡。都觉得他们替自己做了想做但又不敢做的事情。首领裴仲孙等可以被剿灭,至于三别抄的士兵们,如果可以的话还是希望能饶过他们的。元宗和李藏用也有这番心思。但只要三别抄之乱还没平定,头辇哥军队就不可能撤退,今后蒙古军还可能以此为由进驻高丽。

八月,三别抄占领珍岛,侵掠了附近的州县,所作所为越来越像强盗。消息传到开京后,元宗任金方庆为全罗道追讨使,下达了讨贼的命令。此前金方庆和蒙克多的军队一起驻留西京,为了不让蒙克多的军队开到大同江以南,他始终在暗自努力。头辇哥军已进驻开京,如果蒙克多军也南下的话，那高丽混乱的局面会愈演愈烈的。

金方庆遵照命令进入了开京。一接到追讨三别抄的命令，便即刻率军出发。他担心如果晚一天出发，就会给蒙古兵介入的机会。金方庆所率领的亲兵不过六十余人。本国的叛乱要以本国的兵力来收拾，这使他无暇顾及兵力的多寡。如果可以的话，他想面见三别抄的首领裴仲孙，商谈一下该如何解决此事。但金方庆的预感对了，从蒙古派来和头辇哥交接的蒙将阿海以这是忽必烈的命令为由，提出要加入三别抄讨伐战中。高丽没有拒绝他的理由。

九月中旬，金方庆和蒙将阿海一起率领由高丽、蒙古混编的军队一千人——可以说几乎全是蒙古兵——朝着开京进发。对金方庆来说，这是对同一血统的同族人的征讨，多少还有所顾忌，但对于阿海来说，这只不过是对他国暴徒的镇压而已。所以一开始两位指挥者之间就水火不容、不可协调。征讨军进入三别抄士兵横行的泉州，又到罗州，四下追着敌人跑，最后到达了他们的据点——珍岛对岸的三监院。在数次的交战中，双方各有胜败。这时出现了"金方庆通敌"的传言。为此，金方庆不得不一度返回开京去证明这是无稽之谈，然后再重返前线。立场各异的高丽的将军和蒙古的将军只要一起站在战场上，这种争执几乎都会爆发。至元七年，即元宗十一年的秋天就这样在忙乱之中被送走了。

不断有与三别抄作战的捷报从南部半岛传到位于开京的高丽政府。此时的李藏用感受到了渐浓的秋意，一种类似于梧桐叶大片大片无声掉落的感觉，却没有捷报带来的喜悦。

十二月，忽必烈的诏令突然下达了。

——朕惟日本自昔通好中国，又与卿国地相密迩，故尝诏卿道达去使讲信修睦，为渠疆吏所梗，不获明谕朕意。后以林衍之故不暇及今，既辑尔家，复遣赵良弼充国信使，期于必达。仍以忽林赤、王国昌、洪茶丘将兵送抵海上，比国信使还，姑令金州等处屯住，所需粮饷，卿专委官赴彼逐近供给，鸠集船舰待于金州，无致稽缓匮乏。

除此之外，还附上了诏谕日本书函的副本。

——盖闻王者无外，高丽与朕既为一家，王国实为邻境，故尝驰信使修好，为疆场之吏抑而弗通。所获二人，敕有司慰抚，俾赍牒以还，遂复寂无所闻。继欲通问，属高丽权臣林衍构乱，坐是弗果。岂王亦因此辍不遣使，或已遣而中路梗塞，皆不可知。不然，日本素号知礼之国，王之君臣宁肯漫为弗思之事乎。近已灭林衍，复旧王位，安集其民，特命少中大夫秘书监赵良弼充国信使，持书以往。如即发使与之偕来，亲仁善邻，国之美事。其或犹豫以至用兵，夫谁所乐为也，王其审图之。

元宗读罢诏书，捧到与头部平齐的位置后，把诏书装进了盒子中。虽然暂时忙于其他事务而无暇顾及，但这名债主却始终没有忘记自己，突然恰到好处就出现了。林衍的国王废立事件，崔坦的叛乱，西界北海的内附，蒙克多军的进驻，头辇哥军的入国，三别超的叛乱，还都，——从去年到今年，许多的事情像一阵波澜一样涌了过来，这使他忘记了最重要的事。但在那阵波浪过去后，一个真正的、和别的完全不是一个级别的大浪紧接着就杀了过来。等诏使走后，元宗把诏书递给一旁的李藏用。李藏用毕恭毕敬地打开了。

读完之后，李藏用忽然有了种想要刺死忽必烈的强烈念头。除了把忽必烈从这个世界上抹杀掉以外，他再也想不出别的什么办法了。如果能的话他当然会去做。若能刺杀成功，那该是多么地畅快啊。但那种激情很快就从李藏用心里消失了。他的脸色很快恢复了往日的平静。他对元宗说道：

"臣今年七十岁了，在处理国难时已经力不从心。但眼下臣必须保重身体，哪怕能多活一岁也好。灾难苦患一旦来了，就一定会接二连三的。人和国家都如此。但如果能解决掉其中任意一个灾难或是苦患的话，那就会成为一种契机，就能把它们一个个地解决掉。为了迎接这一时刻的到来，我们必须能经受得住痛苦的时刻。李藏用要活到所有事情都好转的时候。忽必烈要向日本派遣国信使，此事和之前不同，诏书内容非同一般。但光凭这个还不能断定他一定会派军征讨日本。一切都要看日本的态度而定。作为高丽来说，无论如何都必须阻止日本作出刺激蒙古的举动。高丽目前能做的唯有这件事了。"

李藏用说着，表情变得极其僵硬：

"我们高丽自己要往日本派遣使者。在蒙使赴日之前，我们先把使者派到日本。日本的统治者们有必要事先了解这次蒙使派遣意味着什么，忽必烈决心如何，蒙古的国力到底怎样。如果日本清楚了，想必不会鲁莽行事。臣以为，这是高丽必须做的最要紧的一件事。还有就是要尽快平定三别抄之乱，此其二。虽然我们很同情三别抄的士兵们，但在国家生死关头作乱，就只能作为国家的仇敌，这是绝不容许的。如果不借助蒙古兵就无法平定的话，那我们就必须借助蒙古兵的力量。关键是要尽快消除内乱。国家内部乱了还怎么防备外患。据诏书所说，蒙古大军要由三名将领指挥进入我国。眼下我们无法阻止。他们一定会长期驻屯的，最可怕的是，这些部队会屯田并定居下来。这是必须要阻止的，但臣还没有什么方法。早一日镇压内乱，打消蒙古征讨日本的念头，否则无法缓解人们对蒙古屯田的不安。"

李藏用说道。说到最后，他甚至强烈地感觉到，或许一切都已经太晚了。忽必烈最想做的事，肯定就是要把蒙古兵永久驻屯在高丽。在赴日国使回国之前，他没有理由也没有必要把蒙古大军囤积在半岛南部。因此为了派遣国信使而进驻高丽只不过是个借口，其目的还是想把大军投入到高丽来。为了让蒙古大军成为永久的驻屯部队，他派他们屯田，因此才不给高丽增添些许的负担，这是可以理解的。十二月二日，为了上奏还都及三别抄作乱一事而入朝蒙古的太子谌回来了。随同谌一起回开京的还有蒙古断事官①不哈。不哈谒见了元宗，在席间说道：

"听说林衍废立国王时参与谋叛的人都还在朝中，不问其罪，何以惩恶？"

显然是在说李藏用。元宗沉默了。李藏用也在席间。他感觉自己反而被原本想要刺杀的忽必烈用短刀刺了一刀。

"陛下或许觉得臣当时就该死的。但是无论如何，李藏

---

①蒙古名为札鲁忽赤的法官。根据《元朝秘史》，1206年成吉思汗第二次即位时才设置的。进入元代之后，其归属于大宗正府之下，又被配置到各个省院。虽说是裁判官，但职责很广，既参与行政，又指挥军队负责国境的防卫，出纳钱粮，也负责驿传的事务。

用那时还不能死。希望你归国之后可以向陛下禀明此事。"

李藏用说道。

第二年至元八年正月五日，元宗免去了李藏用的官职。不哈是肩负着把李藏用逐出朝廷的使命来到高丽的，因此，元宗不得不遵从这一指示。十二日不哈离开开京返回蒙古。

几乎就在同时，去年年末降下的诏书中所说的要派往日本的国信使赵良弼和库临其、王国昌、洪茶丘三个蒙古将军率领着两千名士兵进入了开京。元宗和家臣们都出到都城北郊去迎接这一行人。

开京里满是蒙古士兵。除了接替头辇哥的阿海所率的军队之外，还有新来的蒙兵们，于是所有的民房都被占了。元宗本来对入境监视还都事宜的头辇哥军在还都后还一直留在高丽颇有异议，但由于统帅的头辇哥和阿海的交接，不知不觉中这支军队的性质已经完全改变了。现在可以说已完全成为三别抄讨伐军了。三千兵力的三分之一开往前线，剩下的全都留在了开京。前线部队和留在开京的部队之间经常一点点地相互交替。因此，既有不断从前线回到开京的士兵，也有不断从开京往南进发的部队。

就在此时，库临其、王国昌、洪茶丘等人所率领的部队开进来了，开京也因此完全成了蒙古的军都。高丽兵只有分布在王宫里的极少数的士兵，不足一百名。这几十年间，高丽拥有的唯一防卫兵力三别抄现在已成叛军，各地虽然还留存有少许兵力，但也不能把他们都调到开京来。他们进京以后才知道，原来国信使赵良弼出使日本是在秋天九月时就已经定下来的。新来的蒙古兵肩负着在赵良弼赴日未归前驻留金州、合浦一带的任务，所以如果是从国信使出发的秋天开始算的话，他们驻留期就是从这一年的秋天直到下一年，还早得很。这意味着早在九月就来到高丽的这支军队，很长的一段时间都要留在这个国家了。实质上，高丽的首都现在已经完全被蒙古兵所占领了。

三月三日，蒙古的忻都、史枢两位使者到来。两人带来了忽必烈的诏书：

——朕尝遣信使通谕日本，不谓执迷固闭，难以善言开谕。此卿所知今将经略于彼，敕有司发卒屯田，用为进取之计，庶免尔国他日转输之弊，仍复遣使持书先示招怀，卿其悉心尽虑，裨赞①方略，期于有成，以称朕意。

毫无疑问，这是关于屯田置立的诏书。李藏用所担心的事情终于成为了现实。使者忻都、史枢二人肩负屯田经略使的职务。诏书中有"发卒屯田"的表述，但不知屯田部队是

①辅助。

指现在在都城里的库临其、王国昌、洪茶丘等部队,还是负责讨伐三别抄的阿海的部队,又或者以上都不是,有别的新的屯田部队要入境来?

李藏用已成为了市井之人,正闲居在都城一隅。元宗派人带上诏书的抄本,把这件事转告李藏用。高丽朝中几乎每天都有蒙古的武将,所以元宗没能找到和李藏用见上一面的机会。李藏用写的回函很快就送了过来。其中说道,无论发生何事元宗都不能惊慌。这并非指常人完全预料不到、让人完全束手无策的事。高丽这几年发生的事件其实都是可以预想得到的。忽必烈也是人,既然是人,他能想到的事情也终究是有限度的。关于屯田置立一事,说明忽必烈手里的棋子已经下完了。现在虽然无法预料是要把蒙古兵作为屯田兵配置在我国,还是会派新的蒙古兵来,但既然形势如此,不管是哪种情况都没什么大不了的。屯田兵会征收所有的物资,因此高丽今后将会面临极大的痛苦,这也是无奈的事。臣最近年老体衰,什么病都找上门了,今后会越来越痛苦。原本在这些病到来之前还觉得不能忍受的,但等它们真的来了,却意外地发现自己还能忍受。陛下要忍受下去,高丽的人民也必须要忍。在忍受这些痛苦的同时,希望陛下能做两件事。一是尽快镇压内乱。另一件就是去年年末所奏之事,这不好写在书面上,但是希望务必实行。忽必烈对日本抱有何种想法目前已经很清楚了。万一要发兵征讨日本，那对高丽来说就不再只是痛苦，而是死路一条了。

元宗立即明白了李藏用要自己去做什么事。甚至当时说到此事时李藏用那痛苦的表情都历历在目。那就是，从高丽自己的立场出发，在赵良弼赴日之前先行派出使者。这样做究竟有无效果不得而知，但元宗还是想试试。只是这么做需要下很大的决心。说起来，这是对忽必烈的背叛行为，要做的话就要神不知鬼不觉。事情一旦败露，无论是高丽也好，元宗也罢，都会面临悲惨的命运。今年秋天赵良弼出使日本一事恐怕就会决定是否要派兵征日了，这将左右高丽的命运。从这个意义上说，为了高丽的国运，如果行之有效，那就必须去做。一旦事情发展到了蒙古出兵伐日的地步，那就像李藏用所说的那样，高丽面临的只有死路一条了。

屯田经略使①忻都、史枢来到开京几天后，中书省关于屯田的书函被交到了元宗手里。书函中明确了蒙古的高丽屯田计划，以及高丽对此会负担的责任。忻都和史枢两人对此先进行了补充说明。

根据他们的说明，监管屯田相关的一切事宜的官衙被称

---

①元朝在统一中国之前在攻击坚城强敌时都一定会屯田，采取边耕种边战斗的方法，在统一之后，内于各卫、外于各行省都设了屯田来供给军粮。经略使是原来边境处设立的武官，掌管军政。

为屯田经略司,置于东宁府治下的凤州。屯田置立的场所包括开京、东宁府、凤州、黄州、金州等十一处。屯田的官兵就是现在驻屯在高丽的蒙古全军。

听完两人的话,元宗不由得倒吸了一口凉气。如果说屯田的官兵就是现在驻屯在高丽的所有蒙古军的话,那么数量是很大的。往少了说也不会低于六千人。而且诏书里还写了更为不寻常的事情——屯田所需的农牛六千头的一半,即三千头,需要高丽准备,蒙古会以绢作为交换;所有的农器、种子、军马草料以及今年秋天的军粮等全都由高丽负责提供。

元宗突然有一种想要大喊出来的冲动,还好总算忍住了。他开始相信李藏用的话了。人这种东西,就算遭受多么大的打击也总能忍住的,国家也一样,就像李藏用说的那样。

元宗立刻把农务别监①派往各道,安排人把耕牛和农具运到凤州,然后上书给中书省:耕牛三千头虽然是很难接受的数目,但既然是皇上的命令,那就不再申辩了。对官绢下赐一事感恩戴德。经略使史枢、库临其、赵良弼、王国昌、洪茶丘等人商议之后,让高丽告知实际缴纳的耕牛、农具、种子等的数量。高丽答复说,在农作期间肯定赶得及交付耕

---

①关于别监,请参照"校定别监"。

牛一千零一十头、农具一千三百个和种子一千二百硕①。在年内可以提供包括上述的一千零一十头,共计两千头的数量。农具、种子虽然比贵国所要求的数字要少,但会努力争取,逐渐达到所需要的数额。军粮方面也会尽力筹措,保证不让贵国的兵马忍饥挨饿。

在高丽的君臣们为处理此事焦头烂额的关键时刻,三别抄的势力正不断增大的报告一个接一个被呈报到开京。三别抄在西起全罗南道的长兴府、东到庆尚南道的合浦、金州一带,一路侵掠南海各个州县,现在已经控制了三十多座岛屿。

屯田经略使忻都到达开京后不久就接到了任务,要他统率所有的蒙古驻屯军。阿海被从前线召回,忻都成为了阿海所率部队的统帅。北界西海的驻留军也是如此,指挥者蒙克多被令归还,其军队也都由忻都统率。除此之外,洪茶丘所指挥的高丽归附军一千、新入境的永宁公綧的两个儿子熙及雍所率的高丽归附军一千人也都接受了忻都的指挥。永宁公綧跟随头辇哥军进了高丽,但不久就生了病,只得返回自己的领地辽东,由其两个儿子顶替着进入了高丽。还有和赵良弼、洪茶丘一起来高丽的库临其、王国昌两位武将也被从要职上撤了下来,驻留高丽的所有蒙古军的指挥权都集中到了

---

① 硕为古代重量(衡)的单位,一硕约为120斤。

忻都一人的手里。从此刻起,和忻都一样,二十八岁的青年武将洪茶丘在高丽的存在感逐渐增强起来。

在和蒙古军交涉的过程中,元宗和忻都、洪茶丘两人见面的时候最多。每当此时洪茶丘总是一言不发,全由忻都一个人发话。但到了关键时刻,忻都总会看向站在一旁的洪茶丘。他看着洪茶丘的眼色,附和着元宗的话语,或是否定其中的某些地方。不仅仅是元宗,高丽的朝臣们也都有同样的感受。忻都所说的、所想的都显得很体谅高丽,而洪茶丘却丝毫不会。从他嘴里说出来的话也就是"诺"和"否"之类的而已。但他嘴里说出的"否"这个词中包含着难以形容的冷酷,让人觉得极其讨厌。

四月中旬,为了讨伐盘踞珍岛的三别抄,忻都率军离开了开京。永宁公綧的两个儿子也各自率军加入了战斗。半个月之后,洪茶丘也率领仅仅由高丽归附人编成的征讨军离开了开京。不管是忻都还是洪茶丘,元宗都亲自站在王宫前面给出征军送行。这两次出兵都是为了镇压本国的叛乱,而且是在忽必烈的命令之下出动的,所以忽必烈必须得出来送行。

战斗以惊人的速度展开。忻都、洪茶丘、綧的两个儿子、金方庆也都加入其中。五月五日他们就进入珍岛,并很快攻陷了那里。捷报不断传到元宗处。每次接到捷报时,元宗就把使者派往忽必烈那里。三别抄的男男女女被俘的有一万余人，被拥立为王的承化公温被斩，首领裴仲孙战死。战败的三别抄由金通精率领着残兵败将远遁耽罗岛。

战斗进行期间，开京的大街小巷久违地重现了高丽首都的面貌。蒙古兵大都往南部去了，所以街上很少见到蒙兵的身影，而高丽的男男女女们的身影则很是醒目。各个街口都设了市场，人流熙熙攘攘，贩卖物品的声音随处可闻。高丽的百姓们毫无例外都是穷人，全都衣衫褴褛。但这里毕竟是开京，和乡下的农村比起来还是要强得多。百姓们的诉求每天都通过地方官员传到元宗的耳朵里。

六月七日，蒙古军队还没返回都城，为了上奏三别抄讨伐战的情况，以及详细说明屯田置立引起的本国的惨状，元宗把太子谌派往蒙古。把负责供给屯田军的痛苦直接传达给元祖忽必烈，这是谌入朝最大的目的。

谌离开开京时，街上流传着一些奇怪的传言。这些流言也不知道是从哪里传出来的。——所谓从都城出发的讨伐军打败了三别抄，其实都是误传，实际上是三别抄打败了忻都所率的蒙古军，忻都和洪茶丘都在珍岛战死了。谣言传得有鼻子有眼的，甚至传到了王宫里的侍女们耳中。而三别抄不久之后就会回到江华岛的谣言也一直在流传。

针对这种无凭无据的传言，元宗发出了严厉的禁令，但根本没法平息。这个传说一直持续到忻都所率领的蒙古兵团终于列队涌入城中为止。讨伐军是七月初返回的。

这一天元宗去到都城南门迎接回归的部队。总帅忻都走在最前方，由少数骑兵前后护卫着进了城，接下来就是蒙古军，之后是金方庆、洪茶丘、绰的两个儿子的部队。时隔十个月元宗和金方庆又见了面。金方庆是去年九月和阿海一起离开开京的，那时他想，就算拼了性命也要说服三别抄的首脑们。但结果还是没能做到。作为唯一一个加入三别抄讨伐战的高丽武将，可以料想金方庆内心的感受有多复杂。在他离开都城一年期间，高丽经历的路程变得愈加艰难。金方庆的脸被晒黑得看起来简直都不像是人脸了，只有从元宗前面走过时，他才把脸转向元宗一边。离开都城时他只带了六十名左右的高丽士兵，而现在，一千名左右的高丽兵跟在他的后面。有从地方上征集上来的，也有来自三别抄阵营的。

第五章

这一年即至元八年（西历一二七一年）、元宗十二年八月中旬，蒙使赵良弼作为国信使带着国书离开开京奔赴日本。为了护送赵良弼，元宗让通事别将①徐称和他同行。一行百余人。这是高丽第五次向日本派遣使者。之前四次都是从江都出发，这次是第一次从开京出发。元宗派朝臣们去江阳山城的南郊以及汉江的岸边为蒙使壮行。一行人在一个月后的九月六日自金州启航，此报告随之从镇边合浦县的屯所传到了开京。库临其在赵良弼归国前要一直驻屯在南部，他先于赵良弼离开开京，率领部队赶赴合浦并驻屯在此，蒙使发船的报告就是由库临其发来的。元宗马上派使者前往蒙古上奏此事。

在赵良弼一行出发的前后，元宗曾为此四下忙碌，但当这些喧嚣都过去之后，他立即把承担屯田军物资的痛苦写成文书向蒙古的中书省诉苦。为此太子谌又入朝蒙古，但这样

---

①通事就是翻译官。别将是临时设置的武官。

也无济于事，因为情况十分紧急。在屯田置立时下达的、关于军兵和马匹的粮饷供应要一直持续到今秋的命令期限眼看就要到来时，凤州的屯田经略司又发来了关于延长粮饷供给期的通知，要持续供到明年即至元九年秋为止，这对高丽来说无论如何都是难以接受的。

给中书省上书的草案是元宗亲自和金方庆商量之后才写出来的。为了讨伐三别抄，金方庆长期留在南边，所以很清楚百姓们现在过着水深火热的生活。上书文体现出了金方庆的性格，完全无视以前的上书文的形式，内容颇为具体：

——切以小邦元来仓廪所蓄既薄，自年前出来上朝，军马至今留屯。初以百官俸粟供给而不足，继敛两班百姓之户者，至于四五度。今接秋中外所供军马料，以上朝硕数之，则无虑十五余万。始则耐忍艰苦，今则绝不能输纳。今有追讨使金方庆报云："界内百姓皆食草实木叶，虽有征索，势无可为者。"……今计正军六千人所带马，率以一人三匹为计，则凡一万八千匹，一匹日支五升，自十月至明年二月，则当用上朝硕十三万五千，而本国硕则二十七万矣。加以四千农牛料一首日支五升，自十月至明年三月，以上朝硕计之三万六千，本国硕则七万二千。然则小邦百姓饥困固不假恤官军，所须亦必匮乏。欲陈情实则恐有弥缝之责，姑忍稽留则事势至于窘急，伏望曲赐矜怜，许令蠢蠢之遗黎获保绵绵之余喘。

从三别抄讨伐战归来的金方庆在开京和凤州之间频繁往来，他一个人承担起了和屯田经略司交涉的工作。其他人就算去了屯田经略司，也只是负责听话传话而已，很难把自己的意见传达给对方，但金方庆是个例外。他是讨伐三别抄时的将领，和蒙古军一同参战，跟忻都和洪茶丘都很熟，是被屯田经略司的武将们另眼看待的人。但他们看重金方庆不只是因为他特殊的地位和经历。正如他那就像是年老的百姓的外表一样，他无论是在语言还是行为上，都没有丝毫的炫耀和装饰。什么事都是再三考虑之后坦率地说出来。他心心念念想的都是高丽的国家大事、高丽的百姓，没有丝毫私心。对于这样的金方庆，蒙古的武将们自然不敢轻慢，也不敢当面毫无顾忌地胡说八道。金方庆去过凤州屯田经略司之后，高丽的麻烦事解决了不少。其中最大的要数把屯田经略司从其所在的凤州转移到开京附近这件事了。

由于崔坦内附，凤州眼下现在已经成了蒙古的直辖省，所谓北界西海地的南方都邑。虽说是南方，但和开京离得很远，高丽要运输自己需要负担的粮饷时颇费功夫。除了粮食供给之外，输送这些粮食也要花费大量的劳力。作为高丽来说,一直在考虑怎么能在路程方面尽量减少军粮运输的辛劳。

金方庆把这件事跟屯田经略司的首领、屯田经略使忻都说了。忻都觉得他言之有理,于是奏请忽必烈,获得了准许。金方庆向忻都报告此事是九月,而付诸实施则是在第二年的一月末。虽说要转移的是屯田经略司,但屯田军也需要调动,营舍、马厩等各种设施也得转移。还有最麻烦的,就是要为屯田迁移一事选好地块。为此,在至元八年年末最严寒的时候,忻都亲自多次考察了多处地方,最后才选定了盐州、白州二州。

迁移许可从中书省下达后,金方庆赶赴凤州见了忻都,对他的尽心尽力和体贴表示感谢。

"大恩大德,方庆没齿难忘。今后但凡有需要,本人赴汤蹈火在所不辞。"

金方庆说道。

"是陛下主动提起你的要求的,不是我说出来的。我只是遵照陛下的命令,变换屯田地点而已。"

忻都说道。这时刚好也在现场的洪茶丘说道:

"那你的这条命就先由我洪茶丘收着了。"

在他说到"收着"的时候,给人感觉就像是真的从金方庆手里接过了性命并收好了一样。忻都笑了。但金方庆和洪茶丘没有。一位是以瘦小的肩膀扛起高丽命运的六十岁的武将，一位是统率高丽归附军的二十八岁的武将，两人锐利的眼神对视了一下，然后又若无其事地移开了。

至元八年快要过去的时候，李藏用病重的消息传到了元宗的耳里。李藏用于这年的一月五日被免官，刚好过了一年。元宗虽然不能亲自上门去探视卧病在床的李藏用，但几乎每天都会派出近侍前去探望，多次给他送药。眼看李藏用能不能过完今年都悬了，没想到李藏用居然恢复了，顺利地迎来了至元九年的新年。

一月十八日，和赵良弼一起赴日的文书官张铎带着日本人弥四郎等十二人进入开京。赵良弼一行是去年十三日回到合浦的，但唯独张铎为了尽快向忽必烈上奏原委而先行从合浦动身了。

据张铎奏报，一行人于前一年的九月六日从金州进发，九月十九日在离太宰府一二里远的地方靠了岸，到了太宰府的西守护所。本来想去日本都城亲自呈递国书的，但没有获得允许，于是赵良弼没有交出带去的国书，只出示了副本，请求对方以十一月份为期作出回复。但最终还是没能得到返牒，只好带着弥四郎等十二人回国。虽然有十二个日本人同行，但没有返牒，所以这些日本人当然不是日本派出的使者。因为之前被蒙使带回来的两个日本人是在被隆重款待之后送回日本的，或许因为这样，身处边境的日本人都觉得，如果有人前来邀请，那就答应下来。

总之，此次国信使赵良弼的赴日活动也和之前一样宣告失败了。对此忽必烈会怎么想？想到这里，元宗的心情立刻沉了下去。蒙古已经大致平定了宋国，去年至元八年十一月十五日建国号为大元①。对于大元皇帝忽必烈来说，自己几次派出国使都没有被正式接受，连返牒都没有，那就只能像那封国书中说的那样，"以至用兵"了。

元宗在赵良弼出发赴日前两个月就接受了李藏用献上的计策，偷偷地把自己的使者派去了日本，预先告知了赵良弼赴日一事，以便让日方的领导人清楚这究竟意味着什么。高丽来的牒书被太宰府的官员收下并送往幕府一事元宗是知道的。因此他相信，这一定会以某种形式体现在日本接待蒙使赵良弼的态度中。但不得不说，元宗的期待又落空了。被风涛阻隔的那个小小的岛国那种无谓的矜持让人感觉实在生气。让日本免遭元兵的蹂躏，这虽然无所谓，但如果让高丽受此牵连，面临死亡的威胁，则是万万不能接受的。高丽的官员也好，武将和百姓们也好，现在都已食不果腹。设想一

---

①来自《易经》开头的"大哉乾元"一句，表示元朝是中国的正统的王朝。

下，要是征讨日本的兵船自合浦出发，也许在那之前大部分的高丽人都饿死了，山野中的树木也都死绝了。而眼下徒有其表的高丽这一国号或许那时已经消亡。

张铎进入开京那天，元宗派侍者把事情的始末告诉了病床上的李藏用。作为回复，李藏用写了一封书信送到了元宗手里。

——盛化旁流，遐及日生之域，殊方率服，悉欣天覆之和。惟彼倭人处于鲽海，宣抚使赵良弼以年前九月到金州境，装舟放洋而往，是年正月十三日，偕日本使佐一十二人还，到合浦县界。则此诚由圣德之怀绥，彼则向皇风而慕顺，一朝涉海，始修尔职而来。万里瞻天，曷极臣心之喜，兹驰贱介仰贺宸庭。

李藏用的信中只写了这些。无疑，他设想了高丽给忽必烈呈递书信时的情形，在这一设想的基础上写了这封上奏文。对于自己所写的上奏文的草稿，李藏用没有进行任何的解释说明，但元宗很能理解此刻年老体衰且已病入膏肓的李藏用的心情。元宗的耳中至今还回响着李藏用的话语，仿佛他就站在自己的眼前说着这番话，能听到他的声音以及其中的抑扬顿挫：

——如果可能,希望能用上这篇奏文,如觉不妥就请毁掉。臣今年已不在朝中,且已病卧在床,对眼下政治的微妙之处一无所知。但心有所感,于是就试着写了下来。眼下衰老濒死的李藏用能做的也就只有这些了。

元宗立刻让文书官誊抄了这封奏文。当然,这是在把弥四郎等十二个日本人当作从日本派来的使者的前提下给忽必烈写的贺词。忽必烈会以什么样的心态来读它,实在连想都不敢想,但眼下高丽能做的也就这些了。这番言辞显然是李藏用耗尽心血写就的,不见得不会被忽必烈接受。如果忽必烈对日本的怒火能因此缓和,哪怕只是一段时间,哪怕多少有所缓和,对高丽来说就已经是可喜可贺了。哪怕能让最糟糕的事情推迟一天到来也好。只要迟上一天,忽必烈盯着日本的眼睛可能就会转向其他地方去了。

元宗先和文书官张铎商量了一下,看看把贺使派去见忽必烈是否可行。张铎说道,如果陛下肯接受,那无论是对国信使赵良弼还是其他随行人员来说都是求之不得的。张铎应该是接到了赵良弼的命令,他只在开京停留了半天,当天就立刻带着十二个日本人朝燕都进发了。元宗将译语郎将[①]白居任命为表贺使,让他携带奏文一同前往。

[①]"译语"是翻译官。"郎将"是次于将军、中郎将的武官。

从张铎一行匆匆忙忙地进入开京、再从开京出发的那天算起，刚好过了十天之后的一月二十八日，李藏用死了。享年七十二岁。他没有子嗣，留下遗言要求火葬。李藏用的尸体由三名僧侣火化。这天很冷，风平浪静，李藏用身体焚烧时的青烟笔直而上。

二月十日，太子谌从元国回来了。他是前一年为了向忽必烈上奏供给屯田军如何痛苦一事入朝元国的，秋初曾一度回国，十二月又作为贺使入朝，此时才回国。出席每年一度忽必烈在燕都举办的新年贺筵，这是太子谌不得不履行的任务。自林衍废立事件以来，给忽必烈上奏也好，请求也好，入朝的次数增加了许多，谌只得在燕都和开京之间来回奔走。

谌这次回国时还发生了一件事。那就是以谌为首的一行三十几人全都辫发①了，还穿上了胡服。

谌一进入王宫，立刻前去拜见元宗。元宗责备他抛弃了故国的习俗。谌说道，如果能减少哪怕一点点高丽所承受的负担，入朝者选择辫发胡服又算得了什么？对此，元宗无言以对。实际上如果能够减少哪怕一点点百姓的所受的痛苦，太子追随蒙古习俗这件小事真的不需特别在意。但看着眼前辫发胡服的谌，元宗心里总觉得难以忍受。

---

①把头发剃掉，只留下后脑部，将之辫发垂到后面，这一风俗在古代北方的各个民族都是相通的。

谌又接着往下说了。显然在他看来，现在正是个鼓足勇气把自己的想法表达出来的好机会。蒙古已经不是过去的蒙古了，而是大元朝。这个大元远比父王所想象的还要强大得多。它有着巨额的财富和强大的兵力。聚集到新年贺筵上的万国使臣数量多得难以想象，那盛大的场面无法用言语描述。高丽到底是个怎样的国家，现在高丽国内真正了解这一点的，或许只有谌一个人了。高丽在形式上还维持着一个国家的状态，但实质上只不过是大元的一个藩属国而已。如果没有忽必烈的许可，连王宫的一扇门都不能乱动。自己多次入朝，所以对忽必烈的心思、枢密院和中书省等官僚们的想法多少有所了解。他们并不像父王所想的那样，把高丽作为一个独立的国家看待。父王现在也应该把以前的想法转换一下，要以一个藩属国首脑的心态去臣事于忽必烈。只要具有这种心态，立国之路自然就开阔了。高丽没有其他生存之道了。父王曾接受李藏用的劝说，请求忽必烈把公主嫁给谌，那时没有获得准许。李藏用的想法是对的。在大国身边立国很难，但进入大国内部、作为其一部分来立国很容易。但现在想想，当时乞求公主下嫁一事真的很滑稽。长期与自己为敌的这个小国到底是敌是友，忽必烈在还没弄清的情况下是不可能把公主许配给自己的。但现在不一样了，在新年的贺筵上，自己的座次每年都在上升。像今年，忽必烈还亲自站起来给自己安排了座位。

按照谌的说法,他已渐渐取得了忽必烈的充分信任,在这一点上,可以说为国家做出了很大的贡献。可能谌是对的,元宗心想。今年三十七岁的谌生来就容貌清秀,人品方面无可挑剔,待人接物也渐渐娴熟起来。无论和哪国的太子同席,都不会比他们差。谌还说了,作为一个藩属国首脑心甘情愿地去臣事于忽必烈,也许高丽立国的出路也就找到了。但同时也有亡国的危险。李藏用曾提议乞求蒙古公主下嫁给谌,在当时来说只是一种策略,和现在谌所说的情形有所不同。

"辫发胡服一事,只在入朝元朝的时候做吧!在我国就按照我们的习俗来。"

元宗只对谌说了这么一句后,就从座位上站起身来。

几乎在谌从北边回到开京的同时,赵良弼也从南边进入了开京。对于没有完成国信使的任务一事,他深感自责,于是只派张铎去见忽必烈,自己没有去元朝,而是留在开京,等待着来自忽必烈的消息。

三月,元宗和金方庆商量之后,派招谕使者前往耽罗岛见三别抄。使者选了阁门副使[①]琴薰。由于三别抄在前一年

[①]乘驾、朝会、游宴时在场作陪,或是协助大臣们朝见,纠正失礼行为的官员。副使属于次官。

的珍岛之战中遭受了毁灭性的打击，或许元宗的诏谕会取得意想不到的效果。他希望从此避免同族血肉相残，在蒙古兵再次介入之前无论如何都要解决这个问题。

但是离开开京的诏谕使一行三十余人中，只有琴薰一人在第二年的四月末回到了开京。据说使者一行在珍岛和耽罗岛之间的海上被三别抄抓住后拘在秋子岛，只有琴薰一人被放上一艘破旧的小船并放到了海上。诏谕文书没有被现任的三别抄的首领金通精接受，又被他带了回来。

据琴薰所报，三别抄的士兵们完全没有投降的意思。他们都骄傲地宣称自己在为祖国高丽而战，不久就会把元军从我国赶走，把饥饿的人们从他们的手中解放出来。

琴薰回来以后，从沿海的各个州县又传来消息，说是三别抄的行动又活跃起来了。三别抄在耽罗岛的缸波头里、涯月筑了城，横行海上，不断袭击沿海州县，抢夺船舶、米谷，抓了很多的居民，现在队伍越来越强大。三别抄逐渐显露出了海盗的性格。这种集团无论如何肯定会灭亡的，三别抄也走上了这条路。

元宗无奈之下只好把琴薰派往元国报告三别抄的情况，另一方面，派将军罗裕去讨伐在全罗道出没的三别抄。但对方采取了敌进我退、敌退我进的策略，讨伐行动并没有取得理想的效果。金方庆也想亲自率兵出阵，但屯田经略司和百姓之间不断发生的争执和突发事件让他根本无暇顾及。金方庆负责十一个地方的与屯田相关的高丽方面的事务，日夜为解决这些事务奔忙。

四月三日，赴元报告日本之行始末的赵良弼的文书官张铎带着弥四郎等十二个日本人回到了开京。据张铎所说，对于十二个日本人来自太宰府警戒所一事，忽必烈很不满意，并没有下旨召见。忽必烈和中书省都认为，这是日本人害怕被攻打，所以才派出这帮人来窥探大元的虚实的。

按照中书省的指示，张铎要带送还这十二个日本人。四天后的四月七日，张铎带着日本人再次离开开京奔赴日本。元宗派御史①康之邵同行。几天之后，赵良弼也和先行赴日的一行人一道再度作为使者离开开京赴日。元宗这时也让几个家臣把赵良弼一行人送到了汉江岸边。李藏用在濒死前的病床上写的上奏文终究没有被忽必烈采纳。

这一年在慌乱之中过去了。连开京的春天的连翘花什么时候开又什么时候落都不知道。四月的最后一天，元宗派使者赴元上奏，请求削减屯田军粮的供应。

进入五月之后，张铎从日本回来了。而赵良弼发誓这次一定不辱使命，于是决心在国书被送达日本朝廷之前一直留

---

①御史台(司宪台、司宪府)的官员。御史台是负责纠察和弹劾官吏的机构。

在日本。对于风涛对岸的那个小小的岛国，元宗觉得很难理解。他听说在这个岛上，海边的丘陵都被松树覆盖，白色的波浪不断拍打海岸，然后粉身碎骨，在松籁之间能听到有刀枪的声音传来。但光凭这些描述也很难想象日本到底是个怎样的国家。一说起日本，元宗的耳边仿佛就只有惊涛拍岸的声音。

八月忽必烈的诏令下来了。其中以严厉的口吻命令他们和洪茶丘共同商讨如何剿灭三别抄。在和洪茶丘商量之前，元宗询问了金方庆的看法。金方庆说道，以招谕的形式来解决方为上策，如若不行再组织高丽军讨伐。三别抄已经半海贼化了，只要对这一半进行打击，就能轻易地收服。如果讨伐军是蒙古兵的话，对他们来说，投降就意味着死，因而他们会持续顽抗到底的。因此，派遣由高丽兵组成的讨伐军排在第二位。必须极力组织蒙古军加入讨伐的队伍。还都以来的这两年，高丽已拥有了不需借助蒙古军也足以平定内乱的兵力。

在和洪茶丘商议时，元宗把金方庆的话拿出来说了。

洪茶丘知道三别抄的首领金通精有很多族人在开京，于是从中选出五人，把他们作为使者派到了耽罗。然后洪茶丘就南下监督之前忽必烈给这个国家下派的造船任务。对于族人的诏谕，三别抄并没有任何反应。

从夏末到秋天，三别抄特别猖獗。掠夺全罗道的贡米八百石，袭击忠清道孤澜岛的造船厂，焚毁合浦和巨济岛的兵船，此类事件层出不穷。尤其是袭击孤澜岛造船所的战斗，持续了很多天，所有的兵船都被焚毁了，船夫们也都被抓走了，造船的工匠们一个不剩的全被杀掉了。这可以说是对元朝的高丽政策作出的有组织的反抗，但另一方面，侵寇守备薄弱的州县、抓捕官吏、掠夺农村渔村等等完全就是海盗的行为了。渐渐地，他们还阻止船队停靠在京畿道的灵兴岛，在近海横行霸道。不能再任由他们这样胡作非为了。

这一年的年末，洪茶丘从南边进入开京后又立即赶赴蒙古。次年三月，他再度回到开京会见元宗，传达了忽必烈征伐耽罗的命令。作战命令一日之内便下达了。忻都和洪茶丘统率蒙兵，金方庆则是高丽军的统帅。按照忽必烈的命令，高丽要把各道建造的所有兵船全都派到南海，兵船数量超过二百艘。其兵力是，蒙古军二千，汉军二千，高丽军六千，规模极大。高丽为此只得动员了各州县所有的守备兵。

通过作战规模，元宗和金方庆都知道了，耽罗征伐不仅具有讨伐三别抄的意思，这明显是为了将来组织日本征讨军而准备的。元宗和金方庆都去找洪茶丘诉苦说，征集六千名士兵是不可能完成的任务，但获得忽必烈授予这次战役全部权限的洪茶丘根本就不听。他只说这是忽必烈的命令。为此，金方庆必须在出征之前凑足相应的人数。

当金方庆率领从全国各地征集来的六千名高丽士兵出征时，他对元宗说道：

"留在耽罗的三别抄全都会成为死尸的。我已做好心理准备了，要毫不留情地剿灭他们。事已至此，没有其他办法了，这一点还望陛下理解。"

元宗也对此表示了理解。

征讨耽罗的各军离开开京朝罗州进发不久，刚好时隔一年，赵良弼一行人从日本回到了开京。赵良弼形神憔悴。在日本停留了一年的他，一直被留置在太宰府，最终还是没能获准进入日本的京城，没有完成国信使的使命就回来了。

元宗接待并慰问了赵良弼，给了他白银三斤，苎布①十匹。同席的达鲁花赤李益也想赠些东西给赵良弼，但赵良弼没有接受。他说道：

"这说到底是从高丽人民手里搜刮来的，恕良弼不能接受。"

赵良弼为了赴日纵向穿过了半岛，重复了两次往返合浦的旅程，所以他深知高丽各地人民生活的困苦，才这么说的。赵良弼还在席间说道：

"日本似乎知道了元朝要来攻打，传闻在大街小巷里流

---

①麻布。

传。海边似乎守备森严。既然日本采取这种态度,那日本征讨军的派遣已成定局,陛下对此要有心理准备。"

有一瞬间,元宗感觉赵良弼的视线和自己的撞到了一起。莫非赵良弼知道了在他的日本之行之前,高丽也曾往日本派出过使者?赵良弼是在一切心知肚明的情况下,把这些秘密都藏在了心里。他只是跟元宗强调了要做好心理准备,去迎接高丽必将面对的困境。元宗对这个元使隐隐有了好感。其实并非此时才对他有好感的。赵良弼和其他进入本国的蒙使们不同。他作为国信使前来,在渡日之前一直留在开京,时间多达数月,其间没有干涉过高丽任何的内政,似乎觉得那和自己所承担的任务无关一样。他始终坚持自己的这一立场。另外,在刚出使日本归来时,他只把张铎派到忽必烈那里,在第二次渡日之前都一直留在开京,没想跟忽必烈辩解太多,作为第三者来看,这种态度让人钦佩。

赵良弼离开开京返回元国一个月之后,从前线的三别抄讨伐军那里传来了捷报。忻都、洪茶丘、金方庆三将所率领的水陆军一万人从罗州藩南县出发渡海,分别从三个方向登陆耽罗岛,包围了三别抄的本部缸波头里,最终攻陷了城。首领金通精自杀,其属下的三别抄一千三百人出城投降。这样一来,为时近三年的、由曾经的江都特别警备队士兵们掀起的叛乱就全部平息了。这场叛乱从至元七年六月持续到至元十年四月。

五月,讨伐三别抄的军队陆续凯旋回到开京。据最晚于六月凯旋的金方庆所报,元宗得知了一个意外的消息,那就是,耽罗岛难免要成为元的直辖地了。眼下有五百名蒙兵和二百名高丽兵还留在耽罗岛。这些驻屯兵是由洪茶丘下令派遣的。据金方庆说,高丽兵的驻屯是理所当然的,但蒙兵驻屯、何况是以高丽兵两倍以上的兵力驻屯,这显然让人无法理解。既然三别抄是在元军的强力支持下覆灭的,那金方庆就没有底气去制约忻都、洪茶丘等人的言行了。

金方庆的担心在两个月后成为了现实。两名蒙将携带忽必烈的命令来到了开京。一个是失里伯,身负耽罗国招讨使的使命,另外一名是副使,叫伊邦宝。与因崔坦内附而成为元的直辖地的北界西海地方一样,把招讨使派到耽罗国只能说明该地又要成为元的直辖地了。

似乎忽必烈并不满足于此。以耽罗岛的平定为分水岭,在元宗的周围,许多东西都在蠢蠢欲动。六月,屯田经略使忻都被忽必烈召回元朝,七月,金方庆也突然被召去了。将士、官员们在元国和高丽之间频繁往来,以造船监督使身份来到开京的人有好几拨。屯田经略使催促军粮供给,百姓请求减少军粮供应,这些喧嚣几乎每天都在元宗的周围发生。

慌乱之中,元宗听闻了一个传言——赵良弼去年五月去燕都参见忽必烈时，忽必烈曾说了一句话："卿并未有辱君命。"元宗真心为这个对自己国家怀有好意的蒙古人感到高兴。他似乎从长久以来的一片暗淡当中看到了一小片蓝色的天空。

秋初时候，他见到了七月被召入朝的金方庆派来的使者。据使者所说，金方庆一入宫参见忽必烈就被安排坐在了丞相①的次席，受到了盛情的款待，获赐金鞍、彩服②、金银等，无限尊崇。对于忽必烈的这一特殊厚待，金方庆并未觉得这是对他征伐耽罗的恩赏，而是认为不久之后自己可能会摊上一个更为重大的任务。于是，金方庆把自己在元都时想到的转告给了元宗——现在到了需要高丽君臣们下定决心去面对一件大事的时候了。一件大事，当然指的就是派遣日本征讨军一事。

十月，洪茶丘又被忽必烈召了回去。在离开开京之前，他又重新强调了年内应该储备的兵粮的数量，下令征召人手，以便把木材从山里运出来，无论数量多少，对于现在的高丽的来说都是难以接受的。

十一月，元宗又从入境来的元使的口中知晓了关于赵良弼的一条传言。这比之前听说的忽必烈言语褒奖赵良弼一事

---

①辅佐皇帝并处理一切政务的官员。相当于宰相。
②有图案的五色的彩色织品做成的衣服。

更为详细。在被忽必烈询问是否应该征讨日本时,赵良弼作了如下的回答。——臣居日本岁余,睹其民俗,狠勇嗜杀,不知有父子之亲、上下之礼。其地多山水,无耕桑之利,得其人不可役,得其地不加富。况舟师渡海,海风无期,祸害莫测。是谓以有用之民力,填无穷之巨壑也,臣谓勿击。

听了这番话,元宗感觉赵良弼明显是站在高丽的立场上,拼命地在维护着高丽的。勿击,勿击,勿击……元宗数次重复着这句话,似乎是为了验证赵良弼最后的这句话会如何在忽必烈的心里扎下根来一样。在反复念叨的过程中,这个词在元宗的口中逐渐变成了具有说不清是祈祷还是诅咒意味的语言。元宗这时才突然发现,自己本想大声喊出"勿击"来的,结果却没能发出清晰的声音。尝试了好几次都一样。此时他才发现自己的咽喉有一种神奇的效果,它不知何时就阻断并扼杀、毁灭了自己的声音。周围的人都留意到了元宗有时不能发声的情况,但元宗本人此刻才注意到。

十二月,十几名肩负检阅兵粮使命的元使来到了开京。高丽派官员和元使一起下到诸道去调查兵粮的数量。十二月初有冰雹,之后是雪,一直持续下到年底,把高丽的北方一半都掩埋了。

第六章

去年年末起就下的大雪终于停了。至元十一年，即元宗十五年的元旦到来了。天空清澈透亮，明晃晃的阳光均匀地洒在被雪覆盖的高丽的山野中。开京都城大路的十字路口处人头涌动。所有的店铺都被雪掩去了大半。虽然店里已无货可售，但人们还是成群结队地在店铺之间走动，招揽顾客的商家的声音络绎不绝。大家应该都很饥饿，但女人和孩子们都穿着盛装。在这种名副其实的饥寒交迫的时候，他们居然还穿得如此华丽，真不知这些衣服先前是在哪里藏着的。笑声、叫喊声随人流涌动。一年中失去的东西，要在今天一天之中全部收回，这种想法多少显得有点虚妄，但其中却也包含着某种明媚和激情。道路很快就泥泞不堪了，高丽的百姓、蒙古兵、汉兵和高丽兵时而汇合在一起，时而又分开，他们互相碰撞着，喧闹着。这是许多人的狂欢，是至元七年还都时连做梦都想象不到的繁华。

这一天，元宗在宫中设了简单的贺筵，接受朝臣、元朝武将、官员们的祝贺。开京的街道在元旦之后还会持续热闹到二日。道路更加泥泞了，无数的人在这泥泞之中以比昨天更慢的速度蠕动。这一天，金方庆和其随从一行人回到了都城开京。

金方庆径直拜见了元宗，为自己没能赶上元旦贺筵而致歉，然后他传达了忽必烈下达的建造兵船以征讨日本的命令。高丽所承担的任务是，在全罗和耽罗两地建造大船三百艘，以五月为期。口述完忽必烈的命令之后，金方庆又为自己在元都待了半年依旧一事无成，以至于出现了这样一道命令而向元宗请罪。此罪当诛，但自己还不能死。因为，国家还处于前所未有的困境之中，在没有看到高丽脱身出来之前，还不能让自己的魂魄和躯体分离。

元宗已经是听到任何事情都不会吃惊了。他说，自己也决心和金方庆一样，勇敢面对这一前所未有的灾难，和国家一起共存亡。

金方庆说，征日命令预计三月份就会下达给各个将领，出征则是夏初，为此，高丽需要征召数量难以想象的士兵和劳役，可能不久之后洪茶丘就会前来传达忽必烈的这一命令。

洪茶丘的到来要比金方庆的归国稍晚一些。他于六日的早上来到了开京，和金方庆一样，直接进入王宫谒见了元宗。

洪茶丘向元宗传达了中书省的命令。这次建造大船所需的工匠、劳役夫、木材还有其他的物品全都由高丽支出。作为造船官，任命高丽大臣徐珣为全州道都指挥使，任命洪禄遒为罗州道都指挥使，还任命金方庆为东南道都督使作为他们上级的造船监督官。洪茶丘自己则身负造船监督官和高丽归附军民总监两个职务。洪茶丘接着说道：

"把高丽大将罗裕等五人各自作为部夫使派到全罗道、庆尚道、东界、西海道、交州道，征召工匠、役夫三万零五百名，以一月十五日为期。"

金方庆及十数名朝臣们都在场。听了洪茶丘的这番话，他们全都屏住了呼吸。要征召三万零五百名工匠、役夫可不容易。金方庆虽然之前就大致听说了这些情况，而且也事先让元宗做好心理准备，但他此刻也不禁脸色大变。

"三万零五百名?!"

元宗只说了这么一句，之后便沉默不语。在他看来，每当洪茶丘出现在自己面前都没什么好事，这次情况更糟。

座间，谁都不敢有所异议。洪茶丘说了，这是忽必烈的命令，所以就算提出异议也无济于事。如果想要忽必烈收回成命，要么直接上奏忽必烈，要么给中书省递交奏章，只有这两个方法。而且，如果说不可能征召到三万零五百名工匠、役夫之类的话，恐怕洪茶丘还是会坚持说，那也不是不可能的，然后再具体地举例说明的。

被中书省指定为造船所开设地的全州道的边山以及罗州道的天冠山木材丰富，且都靠海。从这些场所选择的讲究来看，造船的一切事宜必定是先由熟悉高丽国土的洪茶丘提议，然后变成忽必烈或中书省的命令被传达开来的。

从这天开始，开京的君臣们自不必说，整个高丽的百姓们都像是被卷进了一股旋风当中。征集三万五百名工匠、役夫，十五日开始动工，繁忙的程度难以用言语来形容。高丽史中有如下记载。——是时驿骑络绎，庶务烦剧，期限急迫，疾如雷电，民甚苦之。

一月十五日起，造船工作正式开始。此事由金方庆负责。要在指定日期之前造好被摊派的数量的兵船。但问题很快来了，那就是兵船的样式。要求是造南蛮风格的样式，但这样花费很大，且无论如何也赶不上工期。于是金方庆派人前去中书省请求允许采用高丽样式。

各种各样的障碍都出现了。对于兵船的样式，洪茶丘只能听从更懂行的金方庆的话，但其他的事情他一概不想听。只管一味催促。

但元宗和金方庆还没说出他们最为担心的事。那就是，当日本征讨军的组织阵容明确之后，高丽届时将会承担什么任务。征召军兵是必须的，征召水手、役夫这一新的任务肯定也会下达，给入境的征讨军供给兵粮肯定也要承担的。不能再征召更多的士兵了！征召了造船工匠之后，如果还要征召水手、役夫的话，那根本就是不可能的。还有，眼下单是供给屯田兵的粮饷一事就已经让人焦头烂额了，如果还要供应更多的兵粮，高丽的百姓也许连一粒米都吃不上了。

二月，元宗派别将李仁呈交书函给中书省，为了今后考虑，他觉得有必要事先说明高丽的实际情况。这份报告毫不夸张。元宗想把己方情况如实上报，以此来打动忽必烈的心。所谓精诚所至，金石为开。忽必烈也是人，要打动他的心也不是不可能的吧。

这次由元宗亲自执笔。他没按照之前使用的上奏文的形式，其文也去掉了一切的虚饰，尽力避免美辞丽句。

——本年正月初二日，陪臣门下侍中金方庆赍到中书省旨云："大船三百艘，令就全罗耽罗两处打造。"又正月初六日至洪茶丘札子："其所需工匠、役夫及木材、物件分委陪臣许珙洪禄道往各道备办，续遣金方庆督之建造。"但以事巨力微，恐不能办。窃念小邦军民元来无别，若令赴役，延旬月，其如农何。然今只致力而已。自正月十五日始役，其工匠人夫三万零五百名，计人一日三时粮，比及三朔，合支三万四千三百一十二硕五斗。又正月十九日奉省旨云:"忻都官人所管军四千五百人至金州,行粮一千五百七十硕,又屯住处粮料及造船监督洪总管军五百人行粮八十五硕,亦令应副。"又济州留守官军并小邦卒一千四百人七个月粮料已支讫,计二千九百四硕。及罗州落后奥鲁、阔端赤军粮八千硕,马料一千三百二十五硕,悉令小邦支给。又于至元十年十二月后奉省旨,济州百姓一万二百二十三人悉行供给,又比来军马粮料无可营办,凡敛官民者甚。又年前营造战舰,至四月大军入耽罗讨贼,至五月晦还。故百姓未得按时耕作,秋无收获。又敛官民始应副造船工匠及屯住,经行军马与济州百姓等粮料计四万余硕。续有以后金州、全州、罗州屯住军并济州军民粮料,供给实难。又奉省旨令小邦应副凤州屯田军各月不敷粮二千四十七硕,牛粮一千一硕七斗。今此困穷情状不得预奏,而设有后责,何辞以对?四海既为一家,则上朝军马泊兹土。百姓皆一皇帝之人民,望念可哀之状,垂同视之仁。①

三月十日,以八月为期讨伐日本的诏令被下达给屯田经

---

①"门下侍中"请参考前面提到的"知门下省事"。"札子"是上奏文。"奥鲁"是元朝兵制的基本单位。以及以之为基础构成的征兵管区乃至兵站基地。"阔端赤"是元朝的近卫兵之一。携带刀或剑侍从皇帝。

略使忻都和高丽归附军民总监洪荼丘。与此同时，还有关于高丽动员助征军五千六百人的指示。这五千六百人，与高丽按忻都指示去动员的征伐耽罗的兵数基本一致。因此不是不可能征召得到，但另外还要征召艄公、引海、水手等操纵兵船所需的六千七百人，再加上已被征召的与造船相关的三万五百人，作为高丽来说，只能把所有的年轻人都从田间地头拉走。

元宗在四月初派谏议大夫①郭汝弼赴元再度上表。这次的表文也是由元宗起草的。

——小邦元来百姓凋残，故往者耽罗赴征，兵卒蒿师，今又悉赴造船之役。今东征兵卒、梢工亦当就征。洪荼丘移书金方庆云："船三百只，梢工、水手一万五千人，预先备之。"其数甚多岂可止用小邦人而足矣。耽罗及东宁府下诸城人皆能习水，又工把船，乞令选其辈充当。又自庚午年（至元七年）以来至今，供军粮饷早曾乏绝。今此造船工匠、役夫及监造官等三万零五百人，供于种田军、洪总管军、耽罗留守军等粮米专取两班禄俸，及诸赋税尚未充给，又敛中外官民而尽竭无余。特蒙圣慈漕运二万硕米，供给小邦，则举国感戴，永沐圣恩。

---

①负责向天子进谏的官职。始于汉代，元以后消亡。

几乎在郭汝弼带着这封表文离开的同时，忽必烈的诏使就到了。元宗起初以为是二月给中书省呈上的奏文的批复下来了，但其实不是。上面写的是关于元忽必烈之女忽都鲁揭里迷失下嫁太子谌的消息，婚礼于五月十一日在燕都举行。元宗是在至元七年二月采纳李藏用的提议乞求公主下嫁的。第二年就接到了允许公主下嫁的诏旨。本来一直杳无音信的事情突然就要实现了。

谌在前一年十二月入朝后就一直留在元国，怎么突然就出现了这样的事，元宗百思不得其解。但他对此也不觉得有什么值得感慨和感动的。此时的元宗已经发不出声音来了。同时身体也已明显衰弱。他几乎每天都接受御医的治疗，但连御医也不清楚这是什么病症。

躺在病床上，元宗突然有了给忽必烈写一封奏文的冲动。他写了一封又一封，有些和以前写的内容一样，有些和前一次刚上奏过，并没有相隔多长时间，于是都被元宗亲手撕掉，或是堆在了文书官的手中。元宗只有在写奏文草案的时候，双眼才炯炯有神，脸上充满了活力。为何本国连一粒米都没剩下，他举了很多具体的例子，他想尽力让忽必烈理解，这个国家是如何在过去几年中被大元的屯田军消耗殆尽，以至于百姓都饿死了的。

五月，元宗写了一封比之前长了一倍的奏文。躺在病床上，他分明感觉到整个高丽都正处于激烈的动荡之中。无论哪条街道浮现在眼前，哪里都有士兵或是屯田兵在四下走动。眼前无论出现哪个村落，都见不到男子的身影，只有老人和女人们趴在地上仰天长啸，哭声震天撼地。他一边想象着这些画面，一边书写奏文。他曾数次想要发声读出来，但就是无法出声，只有文字在他眼前闪过。但这封上奏文还是被扣在了恰好在王官里服侍他的金方庆的手里。按照金方庆的想法，在忽都鲁揭里迷失公主下嫁给谌的同一个月里，怎能提交这种上奏文呢？

　　那一天，中书省派来的使者到了。他传达了忽必烈奖励农耕、贮备军粮的旨意。对此，元宗也想执笔写上奏文的，但衰弱的身体已不容许他这么做了。

　　六月十六日，元宗读了送来的关于九百艘船已经建造完成的奏文。它会在获得元宗的批准后被直接送达忽必烈。

　　——今年正月三日，伏蒙朝旨，打造大船三百，即行措置。遣枢密院副使许珙于全州道边山、左仆射①洪禄道于罗州道天冠山备材。又以侍中金方庆为都督使②，管下员将亦

---

①与右仆射一起都是尚书都省的次官，正二品官。长官为尚书令。
②作为总司令官统辖都指挥使的官员。

皆精拣所需工匠物件于中外差委,催督应副越正月十五日聚齐,十六日起役。至五月晦告毕。船大小并九百只造讫,合用物件亦皆圆备。令三品官能干者分管回泊,已向金州。伏望诸相国善为敷奏①。

元宗注意到了本来需要建造大船三百艘,上面写了加上其他小船一共九百艘,他想知道这一表述究竟意味着什么,但又发不出声音,于是用手指在奏文上摸索起来。

不久,为了说明此事,其他官员走进了元宗的病房。这九百艘是合计起来的数量,包括能装一千石的千料船三百艘、勇士突袭所用的轻疾舟三百艘、汲水小舟三百艘,轻疾舟、汲水舟各三百艘,这是洪茶丘安排罗州道工匠造出来的。

元宗在听完这一说明后微微点了点头,接下来就长时间地闭上了眼。洪茶丘的脸浮现在他的眼前,奇怪的是,不像之前那么讨厌了。这名年轻的高丽归附军总监无论对什么事都十分冷淡,像是一把露出刀锋的剃刀,此刻他的脸上明显就露出了那种冷酷的神色,对于自己的同族人,不知为何他表现得极为憎恨。但也没让人感觉那么恶心。从这天早上开始,元宗还时常看到另一张脸。那是忽必烈的脸。昨天之前

---

①陈述自己的意见并劝诱。

出现在眼前的忽必烈的脸上，还能随时发现一些温情的东西。那张脸让他感觉到，只要自己与对方心意相通，那自己所说的事情他肯定也会理解。

但从今天早上开始，不知为何，当元宗再想起忽必烈的脸时，通常总是饱含温情的那张脸就是不出现。说不上冷酷，也不是贪婪。是对与自己面对面的人所说的话毫不上心、爱搭不理的一张大脸；是想要用手抓住摇一下但就是摇不动的一张脸；是就算把嘴凑到对方耳朵上大声叫喊，对方也什么都听不进去的一张脸；是只顾考虑自己的事，只要想做就要去做的一张脸；是想把高丽纳入自己版图就会行动的一张脸；是想征讨日本，为此甘愿牺牲高丽的一张脸。

元宗每一天都在和忽必烈的各种脸对抗。他不知道为什么忽必烈的脸总是像这样一直浮现在他的眼前。忽必烈是个什么样的人，按说现在自己应该有了清醒的认识，但就算如此，忽必烈的脸还是浮现在自己的眼前。元宗想要努力地再次回想起作为太子倎最初和忽必烈会面时那张温和的脸，如果能够再一次回想起来，自己也就心平气和了，但无论如何就是想不起来。

第二天的十七日，元宗已经不再和忽必烈的脸战斗了。似乎是在昨天一整天都和忽必烈的脸战斗之后感觉到了疲惫一样，这一天只有太子谌的脸浮现在他的眼前。但元宗睡眠的时候更多，所以也仅限于他从睡梦中醒来的极短的时间内，那是辫发胡服之后的谌的脸。元宗每次在谌以这种样子出现时，都想极力把他甩掉。他这辈子都很讨厌辫发和胡服。之前还从来没有感受这么清晰过，但实际上他是从内心里觉得憎恶的。但这种想法也只在脑海里一闪而过，之后混沌的意识再次向他袭来。

第二天，元宗薨逝。享年五十六岁，在位十五年。因为元宗的死，这一天出入王宫的人很多。也是在这一天，上个月十四日进入都城后一直留在这里的一万五千人的征讨军刚好南下而去，所以在整个都城的喧嚣之中，王宫显得格外的安静。太子谌已赴元入朝。金方庆已率领军队赶赴合浦。武将们也几乎都随金方庆南下了。傍晚时分，在京的大臣们聚集起来，商议选定使者前去把元宗的讣告上奏给忽必烈，同时报告太子谌。赴元的使者一行人趁夜色离开了都城。第二天，元宗被暂时安葬于历代陵墓所在的南郊的丘陵中。

元宗去世几天后，洪茶丘和金方庆各自独自骑着马、前后相隔半天进入了开京。洪茶丘在墓前参拜之后，当天即返回合浦，而金方庆则留在了开京。在太子谌回国之前他需要暂时代理国政。

在元宗去世的当天，日本征讨军总帅忻都率一万五千人的主力离开了开京，但在到达合浦后立刻又赶了回来，停留两天之后，又返回元朝去了。忻都这次燕都之行并非是为了元宗驾崩一事，而是要亲自听取忽必烈关于日本征讨军出征的最后指示。

在这个多事之秋，元宗的死和东征之事只能说是发生在王宫一角的一个小事件而已，但客观上也起到了延缓征讨军出征步伐的作用。三月下达给忻都、洪茶丘的诏令是以八月为期的，这已无法实现了，过了六月，进了七月，七月又过了一半，还是没有接到从忽必烈那里发来的关于征讨日本的最终命令。在洪茶丘的督促之下，高丽造好的九百艘兵船被开到合浦港，一直停靠在那里。大元、高丽两国的军队二万五千人则大部分都驻屯在合浦附近的村子里。

八月二十五日，太子谌回国了。这一天，开京的文武百官都出城来到马川亭迎接他。从元国一路跟来的伴行使张焕奉忽必烈的诏令先进入了都城，谌也紧随其后。一行人进了王城，立即由张焕宣读了忽必烈的圣旨，太子谌就此被册封继位。第二天继位大典举行，是为忠烈王①。

这时白色而柔和的阳光照射着。元朝部队都去了合浦，这里只驻扎了极少的一部分。高丽的男人们几乎都被征为了

---

①高丽二十五代王(1275—1308)。之前国王都用的是"宗"，但谌没有使用"宗"的称号，而称"王"。这是为了表示对元的从属。忠烈王为谥号，全称为"忠烈景孝大王"。本文按原文表述，采用谥号来称呼。

士兵、水手或者役夫，所以都城里只能看到老人和女人们。这一年，秋风比往年都早的吹过都城大路，不时把路口的沙尘扬起，阳光照在没有部队驻守的大街上，显得明亮、柔和而又安详。女人和老人们之间谈论的话题是，当太子很久的新王终于继承了元宗的大统，或许今后的日子会好过一些。

在忠烈王即位稍早之前，忽必烈下达了关于委任忻都为日本征讨都元帅①、洪茶丘为东征右副元帅、刘复亨为左副元帅、金方庆为都督使的命令。和这道命令一道下达的还有关于高丽追加征召四百八十名士兵的命令。对此，高丽的官员们不知如何是好。因为就算是想征，也已经没有男性可征了。于是在谌回国之前，这件事一直被搁置着。

因此甫登王位的忠烈王谌即位之后要做的第一项工作，便是征召这四百五十八人。即位的第二天开始，高丽的官员们就被派到了各处。三天之内白丁②、私奴们都被抓了壮丁，被蒙古军带着从都城出发了。

忠烈王于九月十二日把父王安葬于昭陵。葬礼在这个国家久违的安定局面中进行。元宗的葬礼刚一结束，仿佛已经

---

①"都元帅"相当于总司令。
②李氏朝鲜时用于对身份地位低的人的称谓，但在高丽则不一定，良民之中也有。当时的白丁并不以身份的高低作为标准，而是以是否具有国家的职位为基准的。也就是说，担当一定的职务，以此为代价获得一定的土地的给予的被称为丁户，不承担职务，没有土地的给予的叫做白丁。

恭候多时似的，开京中的武人和官员们的出入往来突然频繁起来，蒙古兵、汉兵的小股部队穿梭于都城中的身影也随处可见，但唯独一个高丽士兵也未出现，这让开京的百姓们略感不安。

十月三日，都元帅忻都率领的元、丽两国二万五千人的军队，分乘由高丽人制造的九百艘兵船从合浦出发。合浦港是深凹进去的入海口，从靠近海岸的几座丘陵上看过去，仿佛一个细长的湖泊。三日接近中午时，那细长湖泊一般的水域被九百艘兵船填满了。直到傍晚，兵船一直漂在水面，之后又逐渐减少，但等到深夜，当黑暗笼罩海面之后，又恢复为原来的数量。

那一晚刮了很大的风。合浦的渔村的女人们都在谈论说，兵船是不是晚出动了两三天。但在第二天凌晨，天刚刚发白，那个狭长的入海口已经看不到一艘兵船了。

十月三日以后，开京早晚所有寺院里的钟都在敲响。这是祈祷出征的兵船平安归来的钟声。听到钟声响起时，高丽百姓的心情都很复杂。至少他们希望载着高丽男人的船只能平安归来，至于为蒙兵和汉兵祈祷平安的心思，则是一点都没有。

进入十月之后，下嫁给谌的公主忽都鲁揭里迷失就要进入高丽的消息在燕都的街头巷尾流传。与兵船出发征讨日本的事情相比，这一消息更能成为老人和女人们的谈资。

实际上，忠烈王把枢密院副使奇蕴派到元朝迎接公主去了。如果早的话，公主忽都鲁揭里迷失应该在十月初就入境了。但一行人始终在以缓慢的速度行进。奇蕴派了三四次使者回来，但每次使者都纠正了前面派来的使者所报告的日程。好在根据最后一批使者所报，确定忽都鲁揭里迷失已经渡过鸭绿江了。忠烈王往西北方迎接公主。二十四日到达西京，二十五日在位于平原的小城门前接到了公主。之后他和公主一起继续向西京进发，并于十一月五日进入了开京。

公主进入开京的日子，妃妾、诸亲王、宰枢们的室都穿着礼服走到了都城的北郊。宰枢和百官们都排列在国清寺的门前迎接公主的大驾。一看到出迎的人群出现在眼前，忽都鲁揭里迷失就从轿中下来了。或许是因为她觉得礼当如此。人们一直在留意胡风的精美的轿子是用什么做的，一听说公主下来，都觉得吃了一惊。从轿子里下来的公主忽都鲁揭里迷失的美貌让他们瞪圆了双眼。最让他们惊讶的是，忽都鲁揭里迷失分明还是个天真浪漫的小女孩——公主这一年才十六岁。

忠烈王在进入都城之前把公主迎上了轿，和她一起进入了都城。之后公主也曾一度从轿中走下。高丽是没有这种风俗的，但忠烈王还是任由年轻的公主去做了。街道上挤满了想看公主的老人、女人和孩子们。忽都鲁揭里迷失扫视了一下沿街的人们，之后就移开了视线。她仰头看天，或是看远处可见的寺院的屋顶。

出迎的百姓们看到王妃出现在自己眼前，都觉得胸中涌上了一股暖流。他们从未经历过这种事。路边的几位老人两两相互拥抱着，热泪盈眶。甚至有人趴在地上纵声大哭。因为他们觉得既然迎来了来自元国的妃子，那以后应该不会再遭受蒙古兵和蒙古官员的欺负了。有一位老人当街在纸上写下了欢迎公主的贺词。老人数次抬起手来擦泪，但泪水还是从他的脸上以及遮不住的手上漏了下来。老人写的贺词很长，开头部分是这样的：

——不图百年锋镝之余，复见太平之期。

轿子进了王宫后，遵照忽必烈的命令跟随公主一路而来的脱忽首先把穹庐①展开，用白羊的油脂驱了邪。高丽的百官们看着这奇怪的举动，都睁大了眼睛。把这些东西带进高丽的王宫多少让他们有些不安。忠烈王妃贞信府主这一天搬到了别宫，从这天开始两人就再没相会过。

①帐篷。

忽都鲁揭里迷失进入开京王城二十天后，十二艘兵船沐浴着像是被烧焦般红透了半边天的夕阳，驶入了合浦的入海口。每一艘船都大且破旧，桅杆就好像是商量好了似的，毫无例外都从中间断开了。最先抵达合浦的一艘船上下来了几十个士兵，个个都疲惫不堪。很多人都负了伤。全都是蒙兵。从第三艘下来的是洪茶丘。洪茶丘立刻把士兵们集中在海滨的一处，命令他们不许离开，然后自己急忙往正要靠岸的船走去。

洪茶丘一个接一个地点着从船上下来的士兵，并把他们按照肤色和眼的颜色进行分类。高丽的士兵们也从一艘船上下来了，和蒙古兵、汉兵相比，他们的数量要少得多。

到了夜晚，海滩上点起了数十堆的篝火。但那一晚再没有一艘船回来。第二天早上，两艘和前日一样破旧的船回来了。从这第二艘船上下来的是金方庆。金方庆一站到岸上，洪茶丘就走了过来。洪茶丘问，自己多少有点担心高丽的兵船，是不是造船方面出了什么纰漏，金方庆答不上来想要走开，洪茶丘又紧赶慢赶追了两三步后用责备的语气说道，高丽所征发的艄公和水手很多都是未经水战训练的人，这不正是这次战败的一大原因吗？对此金方庆没有回答。他的脑海中净想着的是，要和新王谌一起商量，如何让高丽的百姓平安过冬。征讨军战败一事虽然悲惨，但与此相比，高丽国更加悲惨，山上所有的木材都被砍掉了，耕地上所有的男人都被拉走了。他心里只有一个念头，那就是，忽必烈下令承担的任务暂时告一段落了。接下来，他必须拼上这条没有在惊涛骇浪中丧失的性命，去为高丽百姓的生活着想了。军兵、役夫、艄公、水手一万五千人都是从高丽征召的，其中有多少还活着，金方庆还不清楚，只知道大部分人都随着覆没的船只一起沉入了大海深处。

二万五千人征讨军当中，战死和溺死的大概有一万三千五百人，大部分兵船都沉没了。这个消息于十二月初上旬传到忠烈王耳里。金方庆先进入了开京。跟在后面的依次是洪茶丘、刘复亨、忻都，元朝统帅者们各自间隔两三天出现在开京，之后就留在了那里。

一月四日，忻都、洪茶丘、刘复亨等人返回元朝。紧随其后，金方庆于八日奔赴元朝拜见忽必烈。金方庆入朝并非是被忽必烈召见，而是因为他想诉说高丽的困境，请求忽必烈免除给驻屯在本国的那些残兵败将们提供粮饷的义务。

这个月，忠烈王改革了高丽的官制，把官名都改为和元朝一致。这件事在和朝臣们商议后得到了赞同。忠烈王还命朝臣们都开剃①。这件事在去年的十二月份已经传达了，但少有人听从。于是他重新将之作为命令颁布。朝臣们对此也

---

① 按照蒙古的习俗辫发。

表示同意。之后,忠烈王又以衣冠子弟,即那些曾经和自己一同作为秃鲁花入朝蒙古的人,作为班底成立了宿衙,并提议称之为忽赤①。朝臣们对此也表示了同意。忠烈王想,通过这些举措,也许高丽国的国运从今以后能重新昌盛起来。在忠烈王的眼里,长着一双幼稚的脸的忽都鲁揭里迷失可不仅仅是自己的王妃。长期困扰高丽的东征一事就这样结束了。在新王的带领下,高丽正踏出从疲敝的底部中重新崛起的第一步。

---

①按蒙古制度编成的高丽王的亲卫队。

第二部

第一章

至元十一年（西历一二七四年）元朝进攻日本失败而归，这场战役之后，高丽出现的最大的问题是百姓往北方逃窜一事。至元六年，叛逆者崔坦以北界西海的六十城向元朝内附，所以从那之后以慈悲岭为界的北部一带就成为了元的直辖地，曾经的西京改名为东宁府，元国官吏和元军便驻留于此。而此战过后，许多高丽百姓都想逃往这一元朝的直辖地。高丽国内极其疲敝，再加上元军依旧驻屯，看不到负担会减轻的希望。另外，民间一直有元朝还会再次征讨日本的传言。谁也不知道元国直辖地的东宁府治下的生活到底如何，但很多人都认为，去了那里之后眼下所负担的赋役也就没了，即使再征日本，自己也能够免于被征兵和征劳役。实际上，几乎每天都有几十人，有时甚至是几百人逃往北方。

大府卿①朴谕对此很是忧虑。他上疏劝高丽的臣僚们迎娶民妻，以此防止百姓北流。战后的高丽男少女多，因此，

---

①掌管财货廪藏的大府寺的长官。正三品官。

通过实施奖励一夫多妻的政策来解决寡妇和未婚妇女问题，让她们扎根当地，实现人口的渐增。但这政策实际上并未实行，就算实行了，也没法让百姓安居乐业。从这也可看出，高丽出现了多大的问题，以至于出现了如此的上疏文。这次上疏出现在日本征讨战失败后不到半年的至元十二年二月，即忽都鲁揭里迷失被册封为元成公主的第二个月。

二月十九日，突然有一千四百名蛮军（南宋军）被元派到了开京。这些士兵们直接被分派到了盐州、海州、白州，这些自至元八年以来一直是元兵屯田的地方。也就是说，新的屯田兵又入境了。这是高丽的君臣们完全没有想到的。在东征一事暂时告一段落的现在，按说屯田兵应该撤走了，没想到新的又进来了。再征日本一事也不是不能想象，但时候尚早，首先应该设一段休养生息、治疗败战伤痛的时期才对。屯田兵的入境加深了元国与持有上述想法的高丽君臣们之间的裂痕。

二月下旬，赴元入朝的金方庆派出的第一批使者到了。忠烈王立刻接见了他们。

"宣谕日本使杜世忠、何文著最近就会从燕都出发，预计三月初到达开京。"

这是使者说的第一句话。接下来在使者说到一半的时候，忠烈王挺直膝盖，几乎想站起身来，但还是没有。他一直保持着那样的姿势。大地似乎在激烈地摇晃，永远都不会停止。既然说了是宣谕日本使，那就是元国派往日本的使者了。他们三月十日就要进入开京了。高丽又得选出使者负责送遣元使、调派船只、筹措费用。这些都无法推脱，而让高丽新王的内心充满了未知的恐惧的是，忽必烈依然还在盯着日本，眼睛从未从那里移开。

三月十日，礼部侍郎杜世忠、兵部侍郎何文著作为宣谕日本使出现在高丽都城。金方庆之前已报告过了，但看到战争过后没多久赴日元使一行真的进了都城，忠烈王还是不由得感到恐惧。在大约一个月之前的二月九日，他们一接到忽必烈的命令后就马上离开燕都来到了这里。

在此前的一月八日，忠烈王就让金方庆携带陈述高丽窘状的表文去见了忽必烈。

——小邦近因扫除逆贼，惟大军之粮饷既连岁而户收。加以征讨倭，民修造战舰，丁壮悉赴工役，老弱仅得耕种，早旱晚水，禾不登场。军国之需敛于贫民，至于斗升罄倒以给。已有采木实草叶而食者。民之凋弊，莫甚此时，而况兵伤水溺，不返者多。虽有遗孽，不可以岁月期其苏息也。若复举事于日本，则其战舰兵粮实非小邦所能支也。国已皮之不存，是为无可奈何矣。天其眼所未到，应谓岂至于此欤。

伏望俯收款款之诚，曲谅哀哀之诉。①

对于忠烈王的这封表文，忽必烈没有作出任何的回答。但他的意志突然以派遣宣谕日本使的形式体现出来了。

国王在王宫的一间房里接见了正使杜世忠、副使何文著，还有作为计议官②随行的回人撒都鲁丁、书状官回纥③人果等，并设宴为他们壮行。杜世忠三十多岁，何文著五十多岁。宴会正酣时，突然天空乌云密布，雷声轰鸣，下起了倾盆大雨，还夹杂着拳头大的冰雹。这时是白天，宴席上却点着灯，冰雹打在王宫的屋檐上，发出巨大的声响。酒宴就在这样的环境中进行。这是第六次高丽为了送别赴日使节而在宫中设宴了。但这次和往时不同，总让人感觉有点阴郁。无论是送的人还是被送的人，全都寡言少语，心情低落。宴间还宣布高丽将会让徐赞作为译语郎④加入一行人中。接到命令后，不知怎地，徐赞忽然站起来跳了一支舞，这是他出生地庆尚南道自古传下的舞蹈。这支舞也略显哀伤。冰雹巨大的声响淹没了徐赞的歌声，在晨曦一样暗淡的光线中，他

---

①"禾不登场"是谷物没有收成。"场"是晾晒谷物的广场。"罄倒"是容器空空如也。"遗嚼"是剩下的东西。"款款"是恳切。

②并非正式官职。顾问角色。

③和"回鹘"同。

④负责翻译的官员。请参照前面提到的"译语郎将"。

那动作很少的舞蹈中也含着某种昏暗的东西，这在所有人看来都觉得十分异样。这一天王宫的南门还遭了落雷。

宣谕日本使一行十余人两天后便离开了开京。在合浦，他们和水手一起组成了一支三十人的队伍，从那里乘船向日本进发。在前日被雷劈过的南门前，忠烈王送别元使一行，并遣大臣将他们送至汉江边。在前一次的至元八年夏天赵良弼作为国信使离开开京时，一行人有百余名，而这次人数则要少得多。入侵日本后半年不到元使就要赴日，对此，谁都无法预料到日本究竟会以什么态度来迎接他们。他们只知道，忽必烈依然没有失去对日本的关注，而且达到了相当执拗的地步。

七月二十五日，作为达鲁花赤留在开京的赫德被元朝召回。作为第一批赴日使者，赫德第一次出现在江都是元宗七年，即至元三年冬天的事，从那时起不知不觉将近十年的时间过去了。第一次时，赫德去到了巨济岛并从那里折返。至元五年时他作为第三批使者踏上了日本的土地，之后因为和高丽有着很深的交情而屡屡往返于蒙古和高丽之间，元宗死后，他作为达鲁花赤留在开京。在元吏当中，赫德是数一数二的"高丽通"，被看做和死去的元宗、李藏用一样，都是在或明或暗地保护着高丽的人物。但在元宗死后继承了王位的忠烈王眼中，赫德是一个相当碍眼的人物。忠烈王感觉，在赫德看向自己的眼中有着某种作为监视者的冷漠。现在不是元宗的时代，是忠烈王时代了。忠烈王有自己的立国方针。迎娶忽必烈的女儿忽都鲁揭里迷失，开剃辫发，让朝臣们穿胡服，这些都是忠烈王特意做的，只为把高丽从元的苛酷统治中拯救出来。他至今还忘不了自己第一次辫发胡服从元国回来时，父亲元宗眼里流露着的冰冷神色，就像是在责备自己一样。每次和赫德会面的时候，忠烈王都能从对方的眼里感受到同样的东西。元国一直把高丽视为属国，赫德就是从那派出的驻扎机构①的长官，但他却希望高丽永远不要失去它固有的东西，这种想法可以说很矛盾。因此忠烈王主动接受元朝的风俗习惯、仿照元朝官制的这一做法无疑让赫德觉得很不快，对此忠烈王也很清楚。表面上两人相安无事，但忠烈王和赫德之间关系不洽，这在所有人眼中都一目了然，甚至普通百姓中间也有了传言。

九月元朝派来了制剑工匠古内，十一月元朝使者前来传达制作兵器的命令。忠烈王派起居郎②金碑和元使一起前往庆尚、全罗两道，从民间征收箭羽和镞铁③。

忠烈王二年时发生的这几件事都是忽必烈再征日本计划

---

①同驻守机关。

②参照前面提到的"起居舍人"。起居舍人是中书令系列下的，而起居郎属于门下侍中系列。

③铁做的箭尾。

的前兆。就算不是真的要征日,也让高丽的百姓们越发失去了内心的沉稳,他们本已因眼下困苦的生活和对将来的不安而颤抖。所以就算禁令再严,也不可能阻止百姓们北逃。在这种情况下,也有一件让人内心充满希望的事——九月三十日,公主忽都鲁揭里迷失诞下了一个王子。文武百官都来王宫中道贺,宫城的四座门外也都有人聚集起来庆祝世子的诞生。王子名为源,即后来的忠宣王。

十二月,顶替赫德作为达鲁花赤的张国纲、副达鲁花赤石抹天衢两人前来赴任。张国纲五十岁年纪,看上去温厚笃实,石抹天衢比他稍微年轻,沉默寡言且性情暴躁,不管什么事,如果不按规矩来就急,绝不肯通融。两人都是第一次踏上高丽领土,对其国情完全不熟悉。让这两人来监视自己国家,可以预想其间一定会有种种不快,但和赫德相比,忠烈王宁可选择这两位。

第二年的至元十三年一月二十日,忽必烈下令停止制作兵船和箭镞。对高丽的君臣来说,这可是完全预想不到的好消息。虽然不清楚是什么理由导致兵船和武器的制作计划突然中止,但无论如何,或许再征日本的计划也取消了吧?要不然就是去年一月金方庆带去的陈述高丽国情的表文已经被忽必烈接受了?忠烈王心想。

三月初时,前一年年末作为新年贺正使入朝的官员回来了。但他对武器制作中止一事毫不知情，只说宋都临安苟延残喘的宋的残存势力已经投降，宋国已完全平定，燕都正沉浸在庆祝胜利的热闹之中。

按照忠烈王的指示，金方庆在三月中旬离开开京赴元入朝以庆祝宋国的平定。五月初他在上都拜见了忽必烈。上都王宫的气氛和之前相比多少显得不同。被忽必烈平定的宋朝的降将们为了拜见这名征服者正不断地赶来上都。忽必烈以颇为宽大的态度接见了宋国降将，这件事在金方庆的眼里多少有些异常。

金方庆在上都停留了一个月。关于再征日本，忽必烈到底有何想法，在弄清此事之前他自己不能回国。一月份下令高丽停止制造武器，这一想法忽必烈应该在去年十二月初时已经有了，出于何种理由暂且不说，关键是现在忽必烈是否还持有和当时一样的想法，还不能急着下判断。去年十二月还在和宋作战，很难预料到战争何时结束。以攻下襄阳城都足足花了六年来看，攻陷宋都临安的战斗怎能轻而易举？这肯定是忽必烈都没料想到的。这一年的一月就这样几乎让人难以置信地轻易地结束了。

金方庆想知道在灭了宋之后，现在的忽必烈对于再征日本一事有何想法。但在谒见忽必烈时，他也不便当面直接发问。

五月初，宋国降将夏贵、吕文焕、范文虎、陈奕等来上京谒见忽必烈。金方庆也受邀出席。那一天，金方庆的席次比所有的宋的降将都高。他见到了那些久仰大名的宋国将军们。陈奕、范文虎、吕文焕等人于十二月初投降，夏贵在临安陷落之后投降。对于这些长期与元国敌对的降将们，忽必烈始终笑眯眯地接待，询问他们各自的出生地、家人是否安好等。陈奕、吕文焕、范文虎三人都是在降元之后失去的妻儿。然后话题就谈及了作战，忽必烈让宋国降将们就元宋交战时两国的作战方案进行交流。襄阳城攻防战时的很多例子都被提及。那场互有胜败的战斗之惨烈，事到如今仍令在座的众人感觉惊心动魄。

陈奕、吕文焕、夏贵依次发言，轮到范文虎时，他说自己并没有什么要说的。忽必烈再三命令他一定要说点什么。于是范文虎先说了一句，这也不是什么骄傲的事，然后说出了一件作为一军之将很失体面的失败经历。那是被元将阿术攻下襄阳城时的事了。范文虎受命率领禁军前去救援襄阳城。当时他在军中和妓妾们宴饮，喝得酩酊大醉，最终失去了救援的时机。为此战局对宋军很是不利，襄阳城破，范文虎差点因此被问了死罪，幸好一番周折之后只是被免了官，被派去做了安庆知府①。

---

①安庆府的行政长官。

整个房间里的人都哄堂大笑。忽必烈也笑了。宋国降将们也都笑了。范文虎很不好意思，他缩着头，恨不得找个地洞钻进去。但是范文虎并没有开玩笑。如果说是玩笑，他那种想要把人生吞活剥了的神色，以及肥短得没有丝毫美感的身躯本身也都能把人逗乐了。范文虎不是为了活跃席间的气氛而提起这一话题的。选择这一话题也跟范文虎作为一介武人天生的性格有关。作为宋的一员猛将，多年驰名于元军之中，范文虎就是这样的人。他大约五十岁出头。

说完这些之后，元忽必烈派侍臣耶律希亮跟宋国降将们大致说明了征讨日本的经过，然后再由忽必烈发问。

"我们是否应该征讨日本？"

忽必烈的话音突然响起。他的声音很大。对此，宋的降将们个个正襟危坐，每个人都说应该征讨。就像是商量好后作出的同样的回答。

"那是否能轻易征服？"

忽必烈又问道。夏贵、吕文焕、陈奕等都回答说：

"依臣之见，倒也不难！"

范文虎不一样。

"需要做好万全的准备。不出动比前次多出数倍的大军，可能还会重蹈覆辙。海战可不是那么容易的！"

范文虎如此说道。那滑稽的脸上，两只小小的眼睛炯炯有神。

"那需要准备几年?"

忽必烈又问道。范文虎数次抬起头来作深思状,然后什么话都没说。不过,就像是替范文虎回答一般,耶律希亮开口说道:

"据臣希亮看来,宋和辽①、金交战长达三百余年,如今干戈才平息。暂时休养生息是关键,再等几年再起兵征讨日本也不迟。"

耶律希亮是蒙古建国功臣耶律楚材②的玄孙。通过他的话,金方庆才知道忽必烈正考虑用宋国将士再征日本。

在上都的王宫和宋国降将们会面之后又过了几天,金方庆前去拜别忽必烈。在席间,金方庆因为之前的军功而获得了赏赐。他获赐的是虎头金牌③。东方的武人们携带金符④的习惯就是从这个时候开始的。

---

①内蒙古西拉木伦流域兴起的契丹族的耶律阿保机建立的王朝。势力曾延伸到西域。后被金所灭。

②辽国东丹王八世孙(1190—1244),契丹人出身,父亲是任职于金的官吏。从小开始接触中国的学问和教养,后来成为金朝的官员。成吉思汗死后为窝阔台即位立下大功。

③牌是使用驿传时的证明。元代有金虎牌、金牌、银牌三种,牌面上有汉字或回鹘文字,持有这种牌子的旅人在驿站接受驿马、食物、饲料等旅行所需的一切物品的供给。一般在使命结束之后就要归还,但世袭军官允许世袭佩戴和使用。这里的虎头金牌应指上述的金虎牌。

④有金虎牌和金牌两种。

六月金方庆回国。他拜见了忠烈王，详细地上报了自己在上都的所见所闻，说元朝一定还会再征日本，而且主要是利用新投降的宋国将士之手来实行，高丽就算受到波及，估计也不会比第一次严重。金方庆实际上就是这么想的。

但没想到的是，在金方庆归国几天之后，元朝中书省就下达了制作弓箭的命令。一月时曾一度通知中止，没过半年又回到了原点。但这次只限于制作弓箭，其他的武器、舟舰都不涉及。这成了高丽君臣们议论的焦点。他们总觉得其中有不好的征兆，但也可能是好的。关键是看怎么想了，大部分人还是较为乐观，他们认为，由于公主忽都鲁揭里迷失下嫁，高丽和元已是一家，所以忽必烈只让高丽负责制作弓箭。还有人说，在上一次战役中，高丽牺牲太大了，所以忽必烈这次决定免除高丽再征日本的课役，只象征性地安排了弓箭制作的任务。忠烈王想，不管怎样，弓箭制作任务也无法完成。金方庆也这么认为。对现在的高丽来说，就算只是制作弓箭也绝非易事。但无论如何都要拼命完成。

十月三日元使入国，带来了忽必烈的诏令，催促忠烈王和公主以明年五月为期入朝。对于公主忽都鲁揭里迷失来说，这将是她嫁到高丽以来第一次回到祖国。国王和王妃携手入朝，这在高丽群臣们看来是一件好事。忠烈王立即派出使者向忽必烈回报，愿遵旨入朝。紧随其后又派出使者向忽必烈进献栗子。曾经两度出使日本的赵良弼在第一次回国时带回了栗树苗。元宗把它种在了和日本气候相似的义安县的山村里，今年第一次结果，忠烈王立刻想着进献给忽必烈。

高丽百姓往北部迁移一事在这一年秋天渐渐趋于停止了。因为没有什么大事发生，自然灾害也少，就算不丰收，米的产量也是近几年以来的最高值，高丽的农村又难得地看到了希望。在所有人的眼中，高丽的一切都在逐渐向好。

在至元十三年眼看就要到来的十二月十六日夜，突然发生了一件事。有一封书信被投到了副达鲁花赤石抹天衢的府中。信写得很工整。

——贞和宫主失宠，使巫女诅咒公主。又齐安公淑、中赞金方庆，其余李昌庆、李汾禧、李汾成等四十三人欲谋不轨，复入江华岛。

不到一刻钟，书中提到的王族齐安公淑、金方庆等六位政府要员就被元兵逮捕。第二天天没亮，根据公主忽都鲁揭里迷失的指示，忠烈王以前的妃子贞和宫主等也被移至别宫，幽禁在王宫的一间里，其府库也被查封。前去逮捕贞和宫主的那支队伍的指挥官就是公主的怯怜口①封侯、张舜龙、车信等人。公主下嫁时他们跟随来到高丽,之后依仗其特殊的身份四下活动。民间对他们的评价褒贬不一。

事件发生的第二天正是高丽的宰相们每月一次集中到达鲁花赤府办理政务的日子。出席这次集会的宰相们还不知道事情的起因。天衢对此一句也没提。

"春天已经近了。余也想和宰相们比试一番,试作应景的诗歌一篇。"

和金方庆同年、已经六十六岁的老宰相赞成事②柳璥开口了。只有他知道此事。

"王妃和宰相的首班都在缧绁③,这岂是啸咏的时候?"

他的声音因愤怒而颤抖。石抹天衢一句话也说不出来。柳璥一出了达鲁花赤的府邸就前往王宫参见了国王。忠烈王不把忽都鲁揭里迷失称作王妃,而是以"蒙古的客人"来称呼她,"蒙古的客人和我的孩子一起回老家去了",说完他就大笑起来。等他渐渐恢复平静,这个小国的国王又自嘲似的笑了起来。这是忠烈王无奈之下的神色。据说他平生都对公

---

①蒙古语中指什么含义不明,但其性质是投下(蒙古游牧领主采邑)、行省的居民,拥有变换户籍的自由,是流浪或还俗的僧侣或道士,并非奴隶,是修习了武艺的集团,拥有各种特权。
②中书省门下的官员,次于长官门下侍中,正二品官。
③监狱。

主任性的行为束手无策。柳璥知道那不单单只是传言。

柳璥从国王那里得到了谒见公主的许可，当即赶赴敬成宫，在元成殿见到了公主。他膝行向前跪到公主的面前说道：

"近来权臣一执掌国政，就流行中伤，国家为此长期紊乱。如不确定谗言的虚实，加以诛戮，恰如收割草菅，百姓和官员都心觉战栗，朝不保夕。近时圣光普射，荡除不逞之辈，将公主远降至东方此国。臣等悦不复前日之祸，深信不疑。然则如今又有此事。对投来的匿名书信，柳璥无论如何也想申辩几句。我国百姓贫衰，到处都驻屯着陛下的军队，试问谁敢逃窜或是企图不轨？匿名信函本不足为信。若是以此为凭而去怪罪他人，众人担心明日自己也会遭此命运，如此谁还会尽力为陛下办事？公主下嫁到我国后，国人们安居乐业，深感帝德。如果宫主要以私怨诅咒公主，则违背神德的灾祸一定也会降临到她的头上。生于高丽之人，怎会不清楚这个道理？"

涕泗横流之下，柳璥再也说不出话来了。但他每一句话都打动了在场的人们的心。

十八岁的年轻王妃板着她那暴躁而神经质的脸，一眼不眨地看着老宰相的脸，然后说道：

"放了他们，就留下贞和吧。"

她的脸色苍白，眼神发直，但声音却很清脆。柳璥抬起脸来的时候，公主正从座位上起身向里屋走去。柳璥突然站起身来，追着公主进了里屋，又再次匍匐在地，抓住了公主的衣脚，再次为宫主辩解，想求她释放宫主。忽都鲁揭里迷失站在那里俯视着柳璥，就是在这种场合下她也没有露出什么表情：

"把宫主也放了吧。"

她只说了这么一句。小巧而稚气未脱的脸上似乎只有小小的嘴在动。柳璥意识到从公主的嘴里说出的是"放了她"而不是"杀了她"时，公主已经走到里面去了。他嘴里千恩万谢，长时间把额头抵在地上恸哭起来。

那一天齐安公淑、金方庆等数人被从牢里放了出来，贞和宫主也恢复了自由。

这件事就这样解决了，没有后续和牵连，但了解曾发生过此事的人都会对高丽的前途抱有一种无法言述的不安。不知是何人投书给达鲁花赤的，从这种近似儿戏的举动引起了国家的动荡一事来看，现在的高丽确实潜伏着内忧外患。那种不确切的不安就仿佛一条暗渠，潜藏在这个国家不为人知的某个角落。

通过这件事，高丽的臣僚们了解了副达鲁花赤石抹天衢是一个怎样的人。仅凭一封匿名书信，他就会毫不犹豫地抓捕昨日前还和他高谈阔论的高丽要员。且齐安公淑是王族，金方庆是获忽必烈赐予金符的重臣。原本石抹天衢是副达鲁花赤，应该是位居正达鲁花赤张国纲之下的，但以前一直有传言说，作为驻扎官①，实权不在张国纲，而是由石抹天衢掌控，没想到通过这件事证明了那一传言的真实性。事情发生在石抹天衢府中，在他的一念之间就演变成了一次重大事件。

而且，人们本来一直以为达鲁花赤这一驻扎在高丽国都的机构，是一个信息传达机构，一概不干涉高丽的内政，只专门负责把本国的命令传达给高丽政府，无论何事都要遵照本国命令来作出处理的，但通过此次事件，其兼具多种不同功能的特点就暴露出来了。达鲁花赤不单单是高丽政府的监视者，一旦有事，它还可以自由地发挥它的权力。这样一来，达鲁花赤在高丽君臣的眼里忽然就成为了一个带有威压性的机构了。

事件发生八天之后的十二月二十四日，为了就诬告事件进行辩解，忠烈王派遣使者赴元向中书省呈递表文。因为朝臣们都觉得，由于不知道达鲁花赤发给忽必烈的报告是什么样的，所以最好还是先解释清楚。

---

①驻守官。

——巫蛊之言，鼓虚而起。圣明之鉴，烛实可知。今者达鲁花赤持匿名书来示言，有四十余人聚谋复入江华。若其所言诚或有据，固宜当面而露告。何乃匿名以阴投哉。此必有憾于国、有怨于人妄饰而为之者耳。所录四十人中，有身没已过五年者。则其诬妄可验也。乞降明断，自今匿名书悉令勿论。

时光荏苒，忠烈王三年、至元十四年（西历一二七七年）刚到，这起诬告事件已经在开京的百姓间传了开来，街头巷尾都能听到人们议论纷纷。在此次事件中人们关心的焦点的是，公主忽都鲁揭里迷失终于在故事中正式登场了。人们现在都意识到忠烈王是有两个妃子的，一个是以前的王妃贞和宫主，一个是新的王妃元成公主。贞和宫主从公主来到都城之后就搬到了别的宫殿，从那以后就再没和忠烈王见过面。这一传言在街头巷尾流传着，不少人都觉得，在这起事件中，两个妃子之间虽然没有发生什么冲突，但情况不见得那么简单。

还有人有鼻子有眼地说，在元国下嫁来的王妃忽都鲁揭里迷失面前，忠烈王根本抬不起头来。无论做什么都必须经过她的同意。而且忽都鲁揭里迷失的嫉妒心强到病态，忠烈王哪怕是想在宫主所住的别宫附近散散步，事情都会很严重等等。这次的事件也是忽都鲁揭里迷失一手策划的，目的是想除去宫主以及同情宫主的朝臣们等等。

人们还把关注的目光移向印侯、张舜龙、车信等公主的怯怜口们的行动上。印侯是蒙古人，张舜龙是回人，车信幼年入元，是在那里长大的高丽人。他们随公主进入高丽，一进来就改了名字，冠了高丽姓，各自在公主的举荐之下占据要职，纵情骄奢，争权夺利，在都城里各自建造了豪华的宅第。比如张舜龙的宅子，用美丽的石头和瓦来修筑外城墙，模拟花草的图案，极尽奢美。也不知谁给起了名字，把那道外墙叫做张家墙。这些人在这次的事件中都和公主的被抓有关，这是高丽人民对他们反感的直接动机。有人说，公主尚且年幼，连东西南北都分不清，性格根本不坏，是她周围的怯怜口们不好。

匿名信是什么人怀着什么意图投的，此事谁也不清楚，街头巷尾的传言原本就是不着边际的臆测而已，但除此之外的传言大体上接近真相。

一月二十四日，从元派来的使者入国，传达了禁止高丽人持有弓箭的命令。根据使者的话可知，诬告事件早在一月初就先于高丽的使者传到了忽必烈的耳中，这次的布告就是对此采取的紧急措施。还有，元国领导者觉得高丽内部有不安定的动向，为以防万一，新任命了洪茶丘作为镇国上将军东都元帅。虽然不清楚镇国上将军东都元帅这一职位到底具有怎样的权限，但在听到洪荼丘被任命时，忠烈王脸色都变了。有一阵子没听到这个名字了，这个他一直不喜欢的人又出现在高丽面前了。忠烈王和已故的父亲性格不一样，看待问题的角度不同，在立国的方针上也有不同之处，如果说也有相同的，那就是对待元将洪荼丘的态度。元宗晚年曾把洪荼丘当作是不共戴天的敌人，忠烈王也是这样。一想到拥有同样的高丽血统的这名年轻武将那冷酷的表情和那残酷的做法，一股憎恶感就涌上他的心头。那个曾面色不改地下令鞭打高丽人民的洪荼丘又再度握有大权，又要来干涉高丽国政了！

洪荼丘的出现不仅是对忠烈王，对在场的宰相首班金方庆而言也是一个冲击。最清楚洪荼丘的为人的是在前次战役之前曾和他有过亲密的接触、一起共事过的金方庆。两人虽然立场不同，但也一起负责过造船工作，在征讨日本的战役中一起作为军队的指挥者出征。

"洪荼丘已经三十多岁，估计现在那种血气方刚的功名心也已平息。而且原本我们都是拥有同样血统的高丽出身。只要我们真心对他，他也不会做得太过分吧。"

金方庆说道。金方庆觉得高丽的君臣都太在意洪荼丘了，出于不想刺激到对方的考虑他才这么说的，但实际上，他内心比谁都清楚，这次出现的洪茶丘和以前的洪茶丘肯定没什么两样。和洪茶丘没有见面的战后的这一两年，金方庆无论什么场合，只要想起洪茶丘都必定会同时想到忽必烈的脸，几乎毫无例外。那是因为，无论什么情况，忽必烈的意志都会通过洪茶丘这个年轻武将的嘴和手来体现。在这个意义上说，忽必烈把自己的分身派到高丽了。如果忽必烈是有意识这么去做的，那么洪茶丘就是忽必烈用一根线操纵的精巧的傀儡。虽说是傀儡，实际上还更糟。因为洪茶丘并不仅限于此，他还会主动读取忽必烈的心意，并丝毫不差地采取行动。可以说，洪茶丘就是对忽必烈尽忠尽责的、一名可怕的得力干将。

对金方庆来说，他并不是很熟悉洪茶丘，但不管洪茶丘言行举止如何，都不能忘了其背后有忽必烈的存在。金方庆在上都和燕都等地都感觉忽必烈有一种极大的魅力。他是英明的君主，不拘小节的大人物。但那还不是忽必烈的全部。忽必烈具有作为残酷的侵略者的一面，而洪茶丘这个虽然让人生厌但不得不说是天才的年轻人就把它继承过来了。这次他以镇国上将军征东都元帅的身份来到高丽，意味着忽必烈的意志将会比以前更强烈的，以各种形式体现出来。这样的洪茶丘比以前的洪茶丘更为冷酷。

因为是忽必烈的命令，所以忠烈王立刻下令禁止国人私藏弓箭。他在各个村落中设责任人，让人们把自己拥有的弓箭都交给责任人。但是这个措施对于以狩猎为业的人来说是致命的。他打算当年五月赴元入朝时上奏忽必烈。

一月末中书省发来指令催促说，去年六月交代的弓箭制作任务是以二月为期的，所以在那之前务必完成所需的数量。几乎与此同时，开京的达鲁花赤、硕州的屯田经略司也开始催促起来，让人感觉异常紧迫。忠烈王把军器别监①分遣到诸道，以保证弓箭制作工作不出现纰漏。

二月十四日，作为贺正使入朝的朱悦回国了，据他所说，元国的王族昔里吉、脱黑帖木儿等人在漠北谋叛，部将只儿瓦台也在北边举兵响应，为此上都派出了征讨军，全国上下一片骚动。蒙古军自不必说，女真军、汉军、高丽归附军等每天都频繁往来于上都。忠烈王立即召集宰相们，商议是否要派遣助征军。一时之间都说到要让金方庆的儿子忻率兵赴元了，结果还是就此打住了。大家决定等忽必烈下达命令。也有人认为，北方的叛乱只是一次骚扰事件而已，很快就会被平定的。要是派助征军的话，需要巨额的费用，这就是个大问题。

朱悦回国两天之后，去年入朝的中郎将卢英也回来了。卢英也是作为公主的怯怜口来到高丽来的河西国人，他性情

---

①临时的武器调配官。

温厚，和张舜龙、印侯、车信之辈不同。根据卢英所报，作为镇国上将军征东都元帅正要率兵进驻高丽的洪茶丘被忽必烈命令出征北方去了。而在高丽北部的元直辖地驻留的五百名高丽归附军也遵照命令迅速向战场转移了，这些对高丽来说都是好消息。算是元朝内乱带来的意想不到的幸运。洪茶丘率领大军入境，这对高丽很不利，但现在既然延后了，那就有机会慢慢思考今后的对策了。在忠烈王五月入朝时会将这一问题向忽必烈上奏，以寻求解决的办法。但愿在那之前北边的骚乱事件尚未平定，那就能把洪茶丘一直拴在那里了。但如果元朝内乱长期持续，虽然有利于阻止洪茶丘入境，但另一方面，或许高丽就难免被要求派遣助征军了。这是两难的选择。

五百名高丽归附军从北部的元的直辖地撤走，这对高丽来说倒无疑是件好事。虽然他们处于东宁府的治下，不接受高丽政府的指令，但那里的驻留军的粮饷供给依然由高丽百姓负责，驻留军撤退也就意味着负担减轻了。

二月末时规定数量的弓箭制作工作一完成，高丽政府就把那些箭都运到设有屯田经略司的硕州，以供验收。金方庆赶赴硕州，会见了屯田经略使忻都，并交接了产品。

那一晚忻都设宴犒劳金方庆。在席间，忻都说道，日本再征一事因为此次北方叛乱事件多少会有所延迟，但即便如此，这两三年内也一定会实行的。他又说道：

"我是至元八年三月初时第一次踏上贵国国土的，到现在已经六年了，一直率兵滞留在高丽。期间也征讨过日本，除此之外一直在高丽的风土中生活。元宗驾崩之后，李宰相也去世了。现在的高丽要员之中，卿是和我最亲近的。但是，正因为和卿有着不可思议的缘分，我才经常对卿发出严格的命令，我督促，而卿辩解、哀求，这种事在这一两年中也稍微缓和了一些。但这个稳定的时期不久就要告终了。我们俩像这样和平友好地在宴席上相对而坐的时间应该不会长久了。一旦再征日本，我还是得命令卿，督促和鞭打卿的。"

确实像忻都所说的那样。金方庆有很多感谢忻都的话，也有很多恨忻都的理由。忻都和洪茶丘等人不同，他理解高丽，也同情高丽，如果是自己的权限内能处理的问题，总是对高丽表现出温情的一面。但另一方面，当接到本国命令需要采取行动时，无论多么残酷的手段他都不会放弃。以前金方庆为了免去粮饷运输之苦，请求把屯田经略司从凤州转移到盐、白二州时就得到了他的同意。金方庆会把此事作为终生难忘的恩情。但另一方面，派遣日本征讨军那年，他曾经征召过军队所需的劳力。那时对忻都来说，不管高丽是什么情况，他丝毫都不会怜悯的。一想到当时的情况，金方庆至今还觉得怒上心头。

这一晚,忻都醉了。金方庆还是第一次看到酩酊大醉的忻都。醉意突然就向忻都袭来了。之前说话一向稳重的忻都,突然变换口吻说了一番话。在说之前,他先铺垫了一下说,这话自己曾一度想对死的李宰相说的,但最终还是没有说出来。趁这次机会跟你说了吧。"依余所见,高丽人都读书、信佛。这一点可以说和汉人类似。你们国家的人和汉人一样,内心里一直轻视我们蒙古人。你们嘴里说出来和心里想的不一样。金宰相肯定也是这样想的:'蒙人以杀戮为业,天必厌之。'但上天赋予我们蒙古人的职责就是杀戮。天不以此为罪。这就是之所以高丽人、汉人都成为我们的奴仆的原因。"

金方庆不禁抬起头看着忻都。忻都身上有一种傲气,之前他一次都没有看出来。虽然这是喝醉之后的胡言乱语,但无疑他的心里不见得不这么想。实际上忻可能就像他所说的那样。像忻都这样,身为蒙将中的一级人物,才能说出这样的话语。想到蒙人只有在这种时刻才会跟人表露心迹,他深切地体会到了和异民族交往的困难。

人们原本以为元朝的内乱很快就会被镇压下去,但看来并非如此。据从元归来的官员和入境的元人们所说,现在上都挤满了要出征的部队,看不到任何内乱即将终结的征兆。但是,忽必烈一直没有给高丽发来任何特别的指令。这反而让高丽的君臣们更加不安。他们担心不知何时就会接到让高丽派遣大量助征军的命令。一些乐观的人认为，之所以没有征召士兵和物品等，可能是因为随着公主忽都鲁揭里迷失下嫁，忽必烈没有把高丽和其他投降国一起看待了。忠烈王也这么想，但金方庆却无论如何不能认同。原本在最初听说这个事情的时候开始，金方庆就主张应该派遣助征军。高丽和元现在是一家人了，作为亲族的元有难，那高丽理所当然应去驰援，哪怕数量毫不起眼，人数再少也应派遣，这也是一种礼仪。这是金方庆的意见。虽然他嘴里没有说出来，但金方庆所设想的方案是，不要等到忽必烈命令，而是先主动派出助征军，以防对方要求派出大队的助征军。

到了三月中旬，看来叛乱没那么简单结束，赞同金方庆意见的人渐渐多了起来。三月下旬，高丽朝廷通过了派遣助征军的意见，事情又回到了最初的方案，即由金方庆之子忻率数百人赴元。实际上队伍从开京出发是进入四月之后的事了。

但到了第二个月的五月，张舜龙回国了，给王呈交了一份他带回来的中书省的牒文。根据牒文所说，叛乱已即将平定，北方一天比一天趋于平稳。现在大元已不需要高丽的助征军了，所以不要采取什么行动了。张舜龙在东京附近遇上了高丽助征军，恐怕不久军队就会返回的。

元朝这次内乱的平定在此后还花费了一段时间。为此忠烈王和王妃忽都鲁揭里迷失不得不延后五月入朝的日期。六月，洪茶丘在土拉河大破只儿瓦台的军队，功绩显赫。此事在夏初时传到了高丽，高丽还获知了洪茶丘因此得了白金五十两以及金鞍、马勒、弓矢等赏赐一事。金方庆仿佛看到了洪茶丘这一年轻的武将正一步步平步青云的画面。

第二章

忽必烈平定北方之乱是在秋末时节。对于元来说,至元十四年几乎一整年都在忙于平定内乱。至元十四年快要过去的十二月十三日,在高丽又发生了一件事,和恰好一年前的诬告事件类似。前大将军①韦得儒、中郎将②卢进义、金福大等联名将金方庆父子意图谋叛的罪状提交给了当时身在盐州的屯田经略使忻都。罪状共七条:

一、方庆子忻、婿赵抃、义子韩希愈及孔愉、罗裕、安社贞、金天禄等四百余人谋去王、公主及达鲁花赤入江华以叛。

二、东征之后军器皆当纳官,方庆与亲属私藏于家。

三、造战舰置潘南、昆湄、珍岛三县,欲聚众谋叛。

四、自以其第近达鲁花赤馆移居孤柳洞。

五、国家曾命诸岛人民入居内地,方庆父子不从,使居

---

①武官中最高的一级。
②次于将军的武官职位。

海滨。

六、东征之时，令不习水战者为梢工、水手，致战不利。

七、又以子忻守晋州，幕客①田儒守京山府，义男②安迪材镇合浦，韩希愈掌兵船，拟举事响应。

接到此报的忻都立刻率三百骑兵离开盐州屯所赶赴开京。他和副达鲁花赤石抹天衢一起进王宫参见了忠烈王及公主。如果七条罪状全都属实，那么事情非同小可。

忻都傍晚时分进王宫觐见，相关人员于深夜被召集到了一起。金方庆一就座就说道，国家贫困、国力衰弱，连人心都荒芜，居然发生这等让人意想不到的悲哀的事。说完就阴沉着脸沉默不语。起诉金方庆的韦得儒、卢进义、金福大等人和金方庆相对而坐，也都阴沉着脸默不作声。这是要在忠烈王、公主、忻都、石抹天衢都在场的情况下，由宰相柳璥、元傅等人询问诉辩双方，以究明真相。

柳璥和元傅相继开口，持续发问。天气严寒，屋里没有生火，寒气都进来了。在被审问的众人的话语声中，唯有金方庆沙哑的声音在低声地磕磕巴巴地说着，那悲伤的样子让

---

①幕僚。
②义子。

人唏嘘不已。

过了不到一刻，就明确了罪状所依据的东西都是不足为信的。但韩希愈等人私藏兵器是事实，必须问罪，金方庆没有参与此事，也并不知情。事已至此，韦得儒、卢进义等人对自己的过错表达了歉意，表示自己太过忧国忧民，以至于轻率地相信了一些风言风语。他们还说，既然金宰相的嫌疑消除了，那无论对金宰相还是对国家来说都可喜可贺。

对此，金方庆一言不发。那种未曾体会过的油性的、黏糊糊的、不知是气愤还是悲伤的感情让他的内心无比沉重。六十六年的生涯都为国家鞠躬尽瘁，结果却遭受了这种侮辱和抵触，他从未想过会这样，也很不理解。诬告者现在全都位居要职，都曾是金方庆的手下。韦得儒是日本征讨战的从军者，卢进义、金福大从军于三别抄。金方庆想不出他们为什么会报复自己。如果说有因可循，那么只有曾经因为扰乱军规而怪罪过他们这一件事了。如果以当时的这件事为由的话，那么不知有多少人要恨金方庆了。作为军队的统帅者，金方庆对部下一直很严格。要避免一个濒临灭亡的国家的军队沦为盗贼，哪怕再严格也并不为过。

事件暂时就这样解决了。至元十四年就要过去了，明年就是忠烈王五年，为了祝贺新年而进宫参见的金方庆在席间向王表达了辞官的愿望。

"这两次诬告事件让我明白了,掌管国政的人心并不齐。韦得儒等人对臣所做的事,动机在于对臣存有私怨,但是卑职是宰相首班,这种事本不应该以这种形式发生。既然它发生了,那就说明进驻我国的元吏的权力太大,他们只要说一句话就能左右我国的命运。现在对高丽来说最重要的一件事,就是如何防止元吏插手干涉国事。司政官的心如果不齐,不知何时还会发生类似的事。与其让臣官居宰相,不如让臣告退更好。"

忠烈王没有接受金方庆的这一请求。金方庆说掌管国政的人的心已一分为二了,其实准确地说,不是一分为二,而是一分为三了。公主的怯怜口张舜龙、印侯、车信等人都有了很大的发言权。高丽往元派遣的使者这一职位不知何时就被怯怜口垄断了,作为中书省和高丽之间的联系,高丽的君臣们也不得不让他们几分。他们内拥公主,外拜中书省,其骄慢的言行让人实在看不下去。作为高丽的顶梁柱,金方庆有着和国家一起经历的长长的过往,但也对他们也只有微乎其微的压制力。

一月中旬,洪茶丘突然率一百多名士兵进入了开京。这是至元十二年一月离开开京以来,他时隔三年再次进入高丽。他径直进宫参见了忠烈王和公主,表示去年年末的金方庆父子事件中还有很多疑点,自己要亲自调查才入境来的。

王回答说，罪状是诬妄的，此事已经查清，没必要再查。但洪茶丘坚持说，自己是在任地东京（辽阳）听说此事的，不能接受表面上一团和气的解决方案，为此特地向忽必烈上奏，得到了忽必烈的许可，要探明事情的真相，所以这次才入境来的。而且自己去年正月接任了镇国上将军，从职责上来说，必须要亲手解决这事。言语颇为恳切，但语气却显得很傲慢，似乎无论对方有多少人，也绝不能任意改变自己的想法。最后，洪茶丘对在场的一个宰臣说道：

"场所定在奉恩寺，时间是两天后的一月十八日午时。"

他让人在那一天的那个时刻准确无误地把金方庆带到指定的场所，语气不容分说。

在指定的那一天，金方庆和子忻一同赶赴了都城北郊的奉恩寺。一进入寺门，两人立刻被番卒捆了起来。这是完全把他们当罪犯看待了。为了见证调查金方庆一事，高丽方面的数名宰臣也出席了，但他们从一开始就被洪茶丘的高压的态度所压制，一句话也说不出来。审问方除了洪茶丘之外，忻都也露面了，但忻都一句话也不说，所有事情都交由洪茶丘处理。

洪茶丘在前次战役的时候还是忻都的部下，现在和忻都并列为征东都元帅，假如再征日本，他们应该具有完全对等的权限。对高丽来说，忻都作为屯田经略使，是所有驻留军的总指挥，但洪茶丘是作为镇国上将军，负责统辖高丽，当然可以认为其职位在忻都之上。

这天在奉恩寺发生了一些令人难以置信的事。洪茶丘命令番卒把金方庆父子二人用铁索捆住脖子，叫杖者敲打他们的头。这是为了能从他们的口中亲耳听到金方庆父子怀有叛心这句话。金方庆父子光着身体站了一天，肌肤冻得就像泼过墨一样。

审问在隔了半个月后的二月三日再次进行。这次地点设在奉恩寺附近的兴国寺院内。这一天，在洪茶丘的要求之下，忠烈王也到场见证。审问以国王的名义进行。忠烈王也无力阻止在自己眼皮底下发生的事。这涉及的是叛乱，洪茶丘拥有全部的权限。雨夹杂着雪下到方丈的前庭中，打湿了洪茶丘和金方庆。洪茶丘的态度是无论如何都要让金方庆认罪，但金方庆无论如何都没说出洪茶丘想要的东西。金方庆的皮肤破了，血流如注，他数次晕过去后又醒了过来。

在审问期间，洪茶丘对忠烈王说道：

"现在是大寒时节，雨雪下个不停，审了这么久，想必殿下也累了。如果让金方庆认罪的话，那么罪行就只是他一个人的，而且就算有罪，也只是发配而已。为何金方庆一心求死？真是难以理解。"

忠烈王不忍看到金方庆受苦，走到金方庆的身边，流着泪劝他认罪。可是金方庆却说道：

"陛下为什么会这么说呢？臣行伍出身，官居宰相之位，即使肝脑涂地也不足以报国恩，为什么要惜命认罪，违背社稷呢？"

对忠烈王来说，洪茶丘就像一个疯子，不知道他那么拼命地想得到什么。但金方庆很清楚。在他的眼中，洪茶丘和忽必烈的脸是一样的。年轻武将那无比的冷酷的苍白的脸和忽必烈那不拘于外物、而温厚的大脸很自然地融合、重叠在了一起。在金方庆听起来，洪茶丘的声音和忽必烈的声音也是一样的。洪茶丘那不带丝毫人类感情的声音在变成忽必烈给自己颁发虎头金牌时那温情洋溢的脸之后，在下一瞬间，他的嘴里肯定会发出同样的声音。金方庆知道，洪茶丘想让自己认罪从而想要获取的东西其实也正是忽必烈想要得到的。就算忽必烈没有命令洪茶丘这么做，就算一切和忽必烈无关，都是洪茶丘想出来的，那背后也肯定有忽必烈的力量在起作用。因为把洪茶丘任命为镇国上将军的不是别人，正是忽必烈。

金方庆忍受着死一般的痛苦。鞭子越打在他的身上，越让他感觉到瞬间的清醒。此时金方庆从洪茶丘那憋得通红的脸上看清了他想拼命获取的东西。那就是，他对自己怀恨在心，一心想给自己安上一个罪名。通过让自己认罪，让自己亲口说出有叛心，以此为借口把元军派到高丽。他想在高丽国内到处都设置达鲁花赤，在各个要所都驻留军队，像元朝获得以慈悲岭为界元的北界西海地方一样，把半岛南部都作为元的直辖地。但金方庆所说的始终都是同一句话：

"小国敬上国如天，爱之如亲，岂有背天逆亲，自取亡灭之理？吾宁枉死，不敢诬服。"

受到拷问的金方庆自不必说，就连负责审问的洪茶丘也因为过于疲劳而无精打采。那种情况下让人感觉相互之间已经没有可说，可做的事了。

那天傍晚，金方庆因私藏军甲之罪被流放到大青岛，忻被流放到白翎岛，裁决就这么结束了。其他与此事有关的人全都被释放了。

金方庆父子半死不活地被抬到轿子上运出了兴国寺，等过了三天身体基本恢复了之后，便离开开京朝着各自的流放地出发了。两人乘坐忠烈王安排的轿子，被相同数量的元兵和高丽兵裹持着出了王京的南门。国人纷纷挤在道路两旁痛哭着给他们送行。

忠烈王于二月十日派印侯赴元上奏金方庆流放远岛一事。起先他是想把宰臣柳璥作为使者派去元朝，但公主忽都鲁揭里迷失插了几句话，所以只能把这个任务交给了怯怜口印侯。去年五月的入朝计划因为元朝的内乱而被延迟了，所以国王尽早入朝也是出于对忽必烈的礼节，同时也为了把接二连三的诬告事件的真相直接奏报忽必烈。但由于公主怀孕，还是没能实现。不带上公主忽都鲁揭里迷失，只国王一个人入朝也不是不可以考虑，但要是这么说了公主肯定会暴跳如雷。

忠烈王觉得，虽然自己实现了已故的李藏用起初所说的、之后自己也希望的公主下嫁的愿望，但迎娶公主一事对高丽来说到底是好是坏，还不能过早下结论。许多怯怜口和公主一起入国并占据要职，这是之前没想到的。公主年仅十六岁就天真地嫁给了忠烈王，嫁来后一看，自己到来的国家竟然这么贫穷且狭小，她的心里到底怎么想，这也是忠烈王之前没有考虑过的。忽都鲁揭里迷失那无论如何都不像是高丽女人，她天生以来的刚烈性格之所以以那么扭曲的形式体现在言行上，肯定是从她亲眼所见、亲身感受到自己将要作为王妃在此度过一生的国家到底是什么样的国家的时候开始的。

忽都鲁揭里迷失一感觉不顺心就说要回到忽必烈身边去，那时她就会鞭打身边的人，包括忠烈王。在公主内心呼啸而过的狂风安静下来之前，任何人都不能插手。而狂风什么刮起、什么时候平息，谁也猜不到。

怯怜口们就围着这样的公主转。几乎每天公主都会发出一些和忠烈王不同的命令。而且公主发出的命令早上和晚上都不一样。

但忠烈王还是得出了一个结论，那就是，由于迎娶了这位王妃，高丽才得到了很大的好处。也许今后元还会再征日本，但高丽现阶段所承担的任务只是弓箭制作而已。造船就不用说了，其他兵器制作的任务也都得免了。这和前一次战役相比简直难以置信。前次战役是至元十一年进行的，元使前来巡视黑山岛是至元五年的事，屯田诏书下达是至元八年三月。从设立屯田的时候开始，为了征讨日本，高丽被迫承担了很多任务。但在这次元朝北方内乱一直到最终叛乱被镇压为止，高丽没有接到派遣助征军的命令，忽必烈没有跟高丽索要一兵一卒。已故的元宗的时代，忽必烈几次逼迫高丽履行作为属国的职责，至元五年又早早地为征讨日本做准备，要求高丽编制百姓户籍并报告军额。想到前次战役时的那种情形，只能认为无论如何，都是公主忽都鲁揭里迷失的下嫁起了很大作用。

忠烈王对于不久就要实现和公主结伴入朝的梦想怀有很大的期待。公主下嫁之后还一次都没有入朝过，所以到了入朝那天过后，高丽作为亲族国的立场就能定下来了，那样的话，只要自己详细说明事情的原委，报告关于现在驻留在高丽国内的屯田兵和达鲁花赤的问题等，自己的愿望总会得到某种程度的满足的。

二月，公主诞下了一名小公主。群臣参见祝贺。忠烈王以宰相金方庆年老体衰为由将他从海岛上召回，其子忻则留在原地。以王女诞生为契机，忠烈王对从宰相到下级臣僚都下了命令，让他们穿着元的衣冠，实行"开剃辫发"。

改形易服已经不是第一次了。在公主下嫁过来时，在迎接忽都鲁揭里迷失进入都城时，他也曾让随行的近臣开剃过，还劝朝臣们辫发胡服，虽然并非强制，但让他们尽量模仿蒙古的习俗。但那些都是一时的措施，并没有持续很长的时间。通常辫了发、穿了胡服的只有忠烈王和近侍的几个人而已。对高丽人来说，把头发从头顶剃到额头、在中间还留了一小撮头发，这实在难以忍受。穿胡服倒还能接受，但也得是下了相当的决心才能做到。

这次改形易服的命令是针对全国的官员所发的。在发布命令之前，王先和金方庆商量了一下。金方庆考虑到国王这么做是对立国有利的，于是回答说可以。命令下发之后，宰臣们全都服从了，渐渐地波及到了下级官僚。只是在禁内学馆①中学习的青年们没么轻易就听从。左承旨②朴恒招来禁内学馆的执事官，花了好几天时间跟他谕告此事。这样一

---

①王宫内的秘书、史管、翰林、宝文阁、御书、同书院等六馆。
②密直司的官员，正三品官。

来连学生们也都按照蒙古习俗留了头发。

三月十一日，为了上奏金方庆父子远岛流放事件而赴元的印侯回来了。印侯在国王和宰臣们都在的席间，向国王和公主传达的忽必烈的命令，让他们等春暖花开之后即需入朝，还透露忽必烈有最近把洪茶丘从高丽召回的意思。印侯的这一报告给高丽君臣的内心注入了久违的希望。

据印侯所说，忽必烈问了印侯很多关于金方庆的事。说到金方庆藏甲，就问那他藏了多少数量的甲。印侯回答说仅有四十六副。忽必烈笑了，就算金方庆是名将，光仗着这些甲就敢谋叛了吗？还有高丽各州县的租应该都漕运到王京了。就算方庆造船积粮也不足为奇。还有关于金方庆在王京造了府第一事，如果他有叛心的话，是不会下这种功夫的。忽必烈说完之后又笑了。

最后，印侯把忽必烈的话原样照搬地从嘴里说了出来："令茶丘还国。高丽王则等草长之时再来奏。"

听了印侯的这番话，自流放以来第一次进入王宫的金方庆心情颇为复杂。忽必烈以惊人的速度简洁明快地裁决了此事，对自己一点疑心都没有，还宣布召回洪茶丘，似乎这就是他最后作出的结论一样。就算是金方庆，知道了自己这样被忽必烈保护的事实后，也突然对忽必烈感激不尽。自己之前对忽必烈持有的看法莫非哪里出错了？自己所想象的忽必烈和洪茶丘之间的那种关系或许原本就不存在？但另一方面，金方庆想到洪茶丘那旁若无人的、充满自信的冷酷的做法时，还是不得不又回归到认为其中除了洪茶丘之外，还有更为强大的意志在背后发挥作用的这一原有的立场上。

对于洪茶丘召还一事，忠烈王和宰臣们都有一种想要大声欢呼出来的冲动。

"天子仁圣，确实已释清猜疑。"

国王说道。宰臣柳璥一言不发，当场弯下上半身，趴在地上磕起头来。柳璥身旁的金方庆说道：

"皇上说要把洪茶丘召回，如果真是这样的话，确实对我国而言是一大喜事。希望他能早一日返回。只要洪茶丘还留在高丽的国土上一天，灾祸就可能降临我们头上。"

金方庆还是觉得不能盲目乐观。天子真的像忠烈王所说的那么仁圣吗？是不是应该根据洪茶丘是否真的会被召还来决定他是不是仁圣呢，他想。

金方庆所担心的事很快就发生了。洪茶丘果然还想把新的灾祸带给高丽。国王有时会在四月举行"谈禅法会"，对此，洪茶丘认为这是为了诅咒大元而举办的法会，于是把这件事告诉了石抹天衢，派使者回国奏报给了中书省。

出于好意，达鲁花赤张国纲把这件事偷偷转告了金方庆。张国纲的意思是，既然谈禅法会有这等嫌疑，不如停办为好。

金方庆和忠烈王没有将此事透露给第三人知道，两人悄悄处理了此事。只说是因为国王和公主要在四月一日离京入朝，为此不得已决定终止谈禅法会。在宣布此事的同时，忠烈王还把卢英作为使者派往中书省解释谈禅法会的情况。之前的事件的诬告者韦得儒、卢进义等人和这次事件也有关联。这是在忠烈王派出使者之后马上就获悉的消息。虽然知道有关联，但他们和洪茶丘往来频繁，只要洪茶丘还留在高丽，就不能逮捕也不能审判他们。叛贼崔坦曾做出的卖国勾当，如今的韦得儒、卢进义等人也在做，只是形式不同而已。

三月十六日，张舜龙和其他两名使者也被派到元国上奏国王入朝一事去了。

在忠烈王和公主入朝之前，洪茶丘和忻都在王宫里的一间房里为忠烈王安排了一次祖宴[①]。忠烈王没有心思去回应与之不共戴天的洪茶丘的招待，但也不好断然拒绝。如果他打出镇国上将军的旗号，那高丽王就必须以完全对等的地位来待他。这不仅限于镇国上将军，就是对达鲁花赤、屯田经略使等，高丽王也总是和他们东西相对而坐，不能让他们位

[①]为了饯别而举办的宴会。

居次席。由于公主下嫁，忠烈王觉得这种屈辱应该可以免去了，于是把情况向中书省详细陈述，但中书省给出的答复是一切照旧。忽必烈的驸马（女婿）身份的正式认定、获赐国王称号都是忠烈王想要通过这次入朝实现的愿望。

忻都在送别忠烈王的宴席上问道：

"王入朝之后，皇上可能会问起金宰相的事。那时，王将如何作答？"

"当然只能照实上奏。"

忠烈王回答道。他知道自己和公主结伴入朝会成为长期待在高丽的这些元吏们的一个心病，想到这里心里多少有些痛快。洪茶丘还和以往的他没什么不同。对于王的入朝，他说了一些形式上的祝福的话。

四月一日，忠烈王和公主一起踏上了旅途。一行共四百余人。送别的人很多。宰枢百官们自不必说，妃嫔、诸宫主、朝臣官员的夫人们都聚在郊外饯行。忠烈王骑马，公主坐着胡风的华丽的轿子。以公主的轿子为中心，前后各有二百名随从保护。有骑兵，也有步兵，还有坐在轿中的一群侍女和以别扭的姿势横跨在马背上的侍女们。春日阳光的照射下，高丽人第一次见到的这一列华丽的长长的队伍在国土中徐徐北上。这是桃花、李花、银翘全都相约盛开的季节。

忠烈王想起了已故父王元宗作为太子倎第一次捧着降表

踏上入朝旅途时的情景。当时忠烈王二十四岁，现在已经四十三了，近二十年的岁月流逝了。那时父王元宗四十一岁，比现在的忠烈王要年轻两岁。想到总有一天自己会超过父亲那个年纪时，他不禁感慨万千。那时的一行人有参知政事李世材、枢密院副使金宝鼎等四十人。现在他们都已是故人了。那时名副其实地是在刀折弓尽之后，为了呈递降表而入朝的，所以送行的人和被送的人全都心情黯然。当时也和现在一样，都是四月鲜花盛开的季节，但忠烈王那时没有任何关于花的记忆。即使如此，百官们也把一行人送到了江都郊外。忠烈王也在送行人群的队伍中。要入朝的四十人衣服破旧。国王没能筹措到四十名使者旅途所需的费用，是四品以上的文武官员们各自拿出一斤银两，五品以下的捐出布匹充作旅费的。全国的驮马一共只有三百多匹，一行人马匹不够，于是决定一遇到有人骑马路过就买下来。因此离开都城的时候，骑着两班马的人屈指可数。

想到二十年前入朝时的情景，恍如隔世。国家依旧贫困，但此次和公主一起踏上入朝之旅的一行人行装都很华美，足以保持一国的体面。

考虑到公主会疲劳，旅程从一开始就很缓慢。一行人过了东宁府继续北上时，遇上了先行赴元通报入朝事宜的张舜龙。

张舜龙在元都和中书省的要员们会了面，询问洪茶丘从高丽那里奏请了什么、对此忽必烈又是什么态度等等。印侯也好，张舜龙也罢，公主的怯怜口们一个个都有着中饱私囊、滥用职权的毛病，但在出使元朝时，也不知道怎么做到的，他们通常都能带回一些高丽人作为使者时获取不到的新情报。

张舜龙拿到了洪茶丘呈递给中书省的关于金方庆事件的表文的抄本。

——金方庆积谷造船，多藏兵甲以图不轨。请于王京以南要害之地置军防戍，亦于州郡皆置达鲁花赤，方庆及子婿家属悉送京师以为奴隶，收其土田，以充兵粮。

——高丽虽服，民心未安，可发征日本还卒二千七百人，置长吏（达鲁花赤），屯忠清、全罗诸处，镇抚辽夷（日本），以安其民；复令士卒备牛畜耒耜①，为来岁屯田之计。今岁粮饷姑令高丽给之。议上，枢密院奏闻。

另根据张舜龙所说，洪茶丘还奏请增遣三千军兵以镇戍高丽，实际上其中的二千五百人已经渡过了鸭绿江，但忽必烈突然撤回了命令，又让士兵们返回了。还有，洪茶丘奏请

---

① 锄头（耒是锄头的柄，耜是锄头的刃）。

在全罗道设置脱脱禾孙①一事也没有获得忽必烈的批准。

忠烈王听了这些话，心里更添了几分对洪茶丘的憎恶。

忽必烈没有听进去，所以倒也问题不大，但如果洪茶丘的奏请获得批准，简直难以想象高丽为此将要遭多大的难。但设置脱脱禾孙一事已经被洪茶丘实施了，这在高丽君臣之间已经作为问题探讨多次。洪茶丘是在没有获得忽必烈的批准下就强行推行的。

除了这些关于洪茶丘的事情之外，张舜龙还带回了催促金方庆父子、韦得儒、卢进义等四人入朝的命令。忠烈王命张舜龙向金方庆、韦得儒等人传达入朝的命令。依照这一命令，金方庆的儿子忻也能离开海岛了，这让忠烈王感到高兴。

听着张舜龙的报告，忠烈王感到心里很畅快。祖国高丽还有自己到底还是被忽必烈温暖的眼神守护着的，他想，通过与忽必烈会面，也许高丽所有的希望都能一一得以实现。

一行人渡过鸭绿江进入了东京（辽阳），在那里遇到了春季的暴雨，停留了三天。在东京的第三晚，忠烈王引见了忻都派来的使者。使者是从身在开京的忻都那里来的。在使者携来的书信中，先是祈祷国王和公主在漫长的旅程中能一路平安无恙，接下来，他说了自己最近即将被从高丽召回一

---

①监视旅客的番所。

事,"我居王国七年,于今未有一善,恶则已多,惟望王善奏"。忠烈王对忻都倒是没有什么不好的感情。出于职责所在,他负责督促高丽承受的苛酷的负担,但他身在任上身不由己。没能压制像洪茶丘那样的奸佞邪智之徒的能力是他的缺点,但他本来的性情没有一善,也没有一恶。这次见到忻都派来的使者让忠烈王的心情大好。

六月中旬,忠烈王和公主进入了自去年春天起就成为忽必烈驻辇地的上都(开平)。他们在旅途中比预定的多花费了半个多月。

六月十七日,忠烈王和公主谒见了忽必烈。这一天忠烈王率领从臣元傅、李汾禧、朴恒、宋玢、康永绍等人从谒见场所的东南角进入,在庭院的中间站着。公主撑着一把红色的小伞,带着永宁公夫人、很多良家子女们从东北角进入,同样也站到了庭院的中央。忠烈王拿出金银珠宝、细苎布作为礼物献给了皇帝,参拜完毕,自己从东边、公主从西边各自上殿,随从当中身份较高的人也跟随着。公主忽都鲁揭里迷失带着年幼的世子和王女谒见了公主的母亲、皇后阿速真,献上了银十锭、细苎布二十匹。脸形和身形都长得和忽都鲁揭里迷失一模一样的皇后见到世子之后,用细小的手温柔地抚摸着他的头,赐给他酒具和刀子。公主获赐彩缎一车。

公主又抱起世子，去见了身材极度肥胖的太子妃。太子妃盛气凌人，完全面无表情，她看了世子一眼后突然说道：

"你叫益智礼普化①如何？"

幼小的世子就这样得了一个蒙古名"益智礼普化"。

就这样，公主时隔四年又见到了自己的父皇和母后。忠烈王和公主享用酒食，宴会之后才告辞离去。

忠烈王在第二天立刻将就金方庆诬告事件以及谈禅法会进行辩解的上书文呈递给了中书省。这篇文章很长，从事件的发端写起，详细叙述了前后的经过。记录金方庆的那部分的最后以下面这段文字结尾："要令方庆全其性命，姑流海岛，以待圣慈。岂谓圣明曲照，敕令方庆赴京，伏望详其前表与达鲁花赤文状，一一善奏。"

七月初，忠烈王再次谒见了忽必烈。之前是带着公主、世子、王女和忽必烈一家会面，这次是忠烈王一个人谒见，是作为元的掌权者的忽必烈引见作为其属国的高丽国王忠烈王，听其汇报政务。忠烈王把一切事由都上书给中书省了，所以想就此听任忽必烈的裁决的。忠烈王在谒见忽必烈时，没有立即涉及事务性的内容，而是首先说道：

"先前听闻车驾北征，表请助征，陛下以远地不许。臣今入朝。北边如还有余烬，请许臣尽一臂之力。"

---

①蒙古语，意为小公牛。

忽必烈说道：

"多谢好意，不过北方现已平息。"

这回答让人感觉很冷淡。忠烈王又说道：

"这么大的世界当中，只有日本这个小岛还在凭借着天险行不逞之事，不过，想必不久他们就会沐浴皇恩的。如有臣可以做到的事，但请陛下吩咐。"

对此，忽必烈只说了句：

"待你回国与宰相们仔细商议，之后再派使者来吧。"

忽必烈的这句话在忠烈王听来也很冷淡，让人感觉没着没落的。和公主一起谒见时那始终一脸祥和的忽必烈相比，感觉完全是两个人。忽必烈对忠烈王上书的事情一句也没提。在谒见眼看就要结束的最后，对译语郎康守衡问道：

"高丽的服饰是什么样的？"

"迎诏贺节的时候穿鞑靼的衣帽，平常行事的时候穿的是高丽的服饰。"

康守衡回答道。

"你是不是觉得朕想禁穿高丽服？朕可一句话都没说过。怎么你们突然就这样把高丽国的传统服饰废弃了呢？"

忽必烈说道。忠烈王一句话也说不出来。

这次谒见对于忠烈王来说相当失败。后来他想，不知道忽必烈为什么那么不高兴。如果说有什么原因的话，那就是自己只是说了礼节性的东西,这种话通常所有谒见的人嘴里都会说的。

忠烈王还想再谒见忽必烈。不再见一次总觉得心里不安,何况自己不远万里来入朝的目的一个还没达成。在长达一日的第三次谒见中,忠烈王一开始就只说了自己的愿望。

"陛下降以公主,抚以圣恩,如此小邦之民才有了聊生之望。但是洪茶丘这人还在。他是最不受高丽人喜欢的人。他统领军事,对于我国中之事横加干涉,每每做事都独断专行。就像在南方擅置脱脱禾孙一样,臣完全不清楚。上国如有必要置军于小邦,请以鞑靼、汉人的军队前来进驻,数量多少都不是问题,只是派遣的军队的质量和种类是问题。像洪茶丘这样的军队,我邦小民希望能把他们一个不剩全都召还。"

和前次的谒见不同,忠烈王也清楚自己的言辞很激烈。他只想把自己内心所想都吐露出来。尤其是关于洪茶丘的事,对此人的憎恶言语间表露无遗。忽必烈始终在一边点头一边听着忠烈王的话,然后说道:

"召回洪茶丘倒是小事一桩。"

然后又说:

"忻都怎么样?"

"忻都是鞑靼人。也许说是个善良的人比较合适。但是像洪茶丘这样的，以高丽归附军这支不受人待见的军队来围着忻都，说话每每歪曲事实，就连忻都都不相信十中之一。问题不在忻都，而在于洪茶丘。希望陛下能把洪茶丘和他率领的军队都给撤回。以鞑靼、汉人的军队替代。伏乞恳愿。"

无论如何，忠烈王最终目的就是要让洪茶丘和他的军队撤回。其他哪怕什么都没说到，也要保证这件事一定要让对方理解。

"既然你那么说了，就按你说的办吧。"

忽必烈说道。这次谒见之后，忠烈王似乎还是觉得没有充分跟忽必烈说透一样，他把同样的事情详细地写出来提交给了中书省。

——小邦奸佞之人，欲释宿憾，饰辞妄告，或投匿名文至，谓之谋叛。管军官达鲁花赤因而拷问，骚扰一国。今后如有似前告诉者，请自穷究事由，申覆上司，无令官军惊动百姓。又有恶人谋挠国家，每以迁都江华籍口腾辞，请使种田军入处江华，以塞谗言之路。征东元帅府于全罗道擅置脱脱禾孙，又申覆上司云："高丽人多乘无笴子铺马乱行走递，又有乘驾船只成队往还，恐发事端。为此差官领军四百充脱脱禾孙勾当。"然小邦曾奉省旨，国内往来之人许国王自给札子。自是来往使介必给札子。安有无札子而乱行走递者耶。小邦自来例以水路转漕王京,此外只是钓渔之人,安有乘舟成队往来者耶。帅府舞辞申覆,不待明降,差脱脱禾孙领四百军前去。又有耽罗达鲁花赤于罗州海南地面擅置站赤,是何体例。伏望善奏明降①。

在忠烈王第三次谒见几天之后,金方庆父子带着十几名随从进了上都。接二连三的事件让他心力憔悴,再加上旅途的疲惫,使得老宰相的容貌都改变了。那之后又过了几天,韦得儒也带着十几名随从一起到了。卢进义也和他一道离开了开京,但在途中发病死去了。就像是紧随着卢进义一样,韦得儒也在进了上都之后没多久就发了高烧,舌头糜烂,只一夜之间就病死了。

七月十七日,忽必烈关于高丽金方庆事件的裁决命令下来了。这是通过中书省发给忠烈王的。

---

① "管军官"是军队的司令官。"申覆"是重新汇报。"东征元帅府"是设于高丽的统辖军政的机构,洪荼丘被任命为其长官都元帅。"铺马"是负责传达的马。"站赤"是蒙古语,意为"掌管道路交通的人""使用道路的人"的意思,即驿传。元太祖时代已设有驿传,太宗元年(1229)作为制度固定下来。起初用于使臣、官员的护送、官方文书的递送,后来出于对功臣优待的考虑,允许他们随意使用站赤,之后便荒废了。"明降"是上级来的指令书函。

——告金方庆者二人皆死，无可对讼。朕已知方庆冤。抑而赦之。命忻都、茶丘军、种田军、合浦镇戍军皆还。

忠烈王读完忽必烈的诏书，把它交到了金方庆的手中。金方庆一看，内心激动不已。公主忽都鲁揭里迷失下嫁的意义从那时起过了三年终于以这种形式体现出来了。忠烈王所希望的都被忽必烈提到了。当然忽必烈对高丽的这种温情的考虑不应该全都归功于忽都鲁揭里迷失的下嫁，但毫无疑问，其占了很大的一部分。金方庆把诏书恭恭敬敬地归还给了王，又以虔诚的态度沉默着把头深深地低了下去。在他心里，似乎也能理解忽必烈这个人了。他突然有了一种冲动，想把诏书反过来看看其背后隐藏的东西。

忠烈王立即乞求拜谒以表谢意，很快便获准了。在忽必烈下达诏书的次日，忠烈王带着金方庆进王宫参见。

"臣先前恳请召还洪茶丘军一事，陛下迅速恩准，之后各军也接到了召还的命令。万分感激，特来祝陛下万寿无疆。"

他对忽必烈说道。这一天忽必烈说的话很少。脸上始终带着安详的笑容。因为金方庆先前曾跟忠烈王提过，希望在各军撤退的时候不要强征良民，此事要跟忽必烈叮嘱一下。于是，他提起了这件事。忽必烈立即说道：

"这件事我已经下过指示了,不用担心。没有人敢抢掠你们国家的一个百姓的。"

忠烈王此时突然觉得既然忽必烈全面地满足了自己的要求,那么自己也应该站在忽必烈的立场上说点什么:

"作为高丽来说,不会拒绝陛下把一个信任的鞑靼人作为达鲁花赤派过来的。"

忽必烈立即说道:

"为什么还要达鲁花赤呢。高丽的事情,就让高丽的国王按照自己的心意自己去管理不更好吗?"

于是忠烈王又接着往下说了。由于觉得忽必烈的这些好意不知根底,所以内心感觉极其恐惧。

"能只保留合浦的镇戍军吗?为了防备倭人入寇,那是有必要的。"

忽必烈这次也是立刻回答:

"倭寇什么的不足为虑。高丽人几乎很少受倭寇之害。还是国王自己使用国人来管理吧。"

然后忽必烈询问了金方庆的健康问题,还有金宰相至今见过几次朕了等等。金方庆想要数一下,但似乎忽必烈觉得那种事其实无关紧要,于是轻轻摆了摆手说道:

"你没见过秋天的上都,上都是秋天的季节最美。下次你秋天来上都吧。"

谒见只持续了一刻，就这样结束了。

七月二十一日，忠烈王和公主忽都鲁揭里迷失要回国了，前去和忽必烈道别。从忽必烈那里获赐了海东青（隼的一种）一对，以及"驸马高丽王"的金印。第二天，一行人离开上都南下北京（大名府）。忽必烈派亲卫队士兵护送。以皇子脱欢、皇女蒙葛台为首的朝臣、官人等很多人从燕都赶到北京，为一行人开了送别宴会。宴会在屋外举行。在夹杂着歌舞的热闹的宴席上，王最后让忽赤（宿卫士）之中最擅长歌舞的人唱了一首歌颂皇恩的歌曲。宿卫士都是气质高雅的衣冠子弟，他们的举手投足都获得了元朝官吏的赞赏。宴会接近结束时，落日染红了宴席，忠烈王的脸和公主的脸、金方庆的脸也都红了。金方庆也在这次宴席上第一次认真地承认王和公主的这次入朝取得了巨大的成功，所有的事情都朝着对高丽有利的方向发展，他发自肺腑地觉得能活得长久真的是太好了。然后把这事跟宰臣元傅耳语了几句。

留在北京两天之后，忠烈王一行又一路向东朝着高丽行进。

离开上都刚好一个月的八月二十三日，忠烈王和洪茶丘遇上了。地点就在离东京还有五日行程的地方。洪茶丘正在离开自己的任地返回上都的途中。王停下了行进的队伍，在广袤原野的中央设下座席迎接洪茶丘。

洪茶丘先开口说道,见到在长途旅行中王和公主都平安无恙,心中无限欣喜。在王踏上入朝之旅之后,自己就接到了要和金宰对质、须即刻回国的命令,于是离开了开京。但途中又接到韦得儒等人已死、不必对质的报告,于是又留在了任地东京。现在正按照忽必烈的指示赶赴上都途中,没想到在这里遇上了回国途中的王,真是高兴之至。忠烈王问道:

"卿可知你和军队都要从高丽撤走一事?"

"我还未接到那个命令。恐怕回去面见皇上之后就会接到了吧。"

洪茶丘说道。

"大志未遂就归还,这个不合你的本意吧?"

王以讽刺的口吻说道。洪茶丘笑了。对忠烈王和金方庆来说,这是他们第一次听到洪茶丘的笑声。那是以空洞的声音发出的尖厉的笑声。洪茶丘说道:

"但我和高丽有着不可思议的缘分。我想,今后还会时常带着任务到访贵国的,和国王和以及金宰相的缘分不会就这么断了。"

洪茶丘完全是以他国的人的身份在说话。会见极短时间内就结束了。洪茶丘郑重地向国王和公主低头告退。金方庆自始至终没有跟洪茶丘说一句话,但洪茶丘也没跟金方庆说什么,甚至没看他一眼。本来他是不能在忠烈王和金方庆所在的座席上露面的,但洪茶丘故意在他面前这么做了。从他始终面色不改这一点来看,他虽然是高丽君臣们的敌人,倒也挺有魄力,也让人感觉十分可怕。

国王一行人慢慢地持续着旅程,八月二十八日进入了东京,然后九月七日、在渡过鸭绿江的两天前遇上了正在回国途中的达鲁花赤张国纲。国王在一个荒村中的一家寺院为张国纲设了饯别宴。在历代的达鲁花赤中,张国纲明显是一个温厚清廉的人物,处事公平,高丽人都以他为德。在两次诬告事件中,他都没有同流合污。忠烈王和金方庆都对张国纲有着恋恋不舍的感觉。

"现在达鲁花赤和元帅都即将归国。且官兵也都一并撤退。这应该说是你们国家之福啊!"

张国纲说道。

九月七日,一行人渡过鸭绿江,时隔五月又踏上了现在还在东宁府的管辖之下,但已经确定是故国地界的土地。翌八日,一行人又遇上了撤回途中的副达鲁花赤石抹天衢一行人。石抹天衢拜见了忠烈王,就像在说别人的事一般,对自己在任期间的罪行表达了歉意。

在北界西海的旅程持续了好几天。这里已经成为了元的直辖地，只有这里依然到处驻留着元兵和高丽归附军的士兵们在。忠烈王心想，将来也不是不可能返还这片土地的，为了自己和公主，忽必烈定会那么做的。

越过慈悲岭后，公主忽都鲁揭里迷失让国王在进京的那天派两殿的牵龙（亲卫队的仪仗兵）戴上金花帽①、宰枢、文武百官穿上礼服来迎接自己。公主想把自己在第一次赴元参见时所做的事情也在自己的国家尝试一下。

忠烈王把李栩派到都城中传达了旨意。但是留守的宰臣印公秀觉得要是太过夸张的话不知民众会怎作何想法，于是回复应该穿应时的服装。忠烈王说给公主听后，公主答应了。即便如此，九月二十四日，迎接王和公主进京的仪式还是前所未有的盛大。牵龙、巡检、白甲等各个亲卫队的指挥者、都将校②、乐官们都身着礼服迎驾。百官、致仕、宰枢、三品、诸宫院副使等都到郊外来迎接。队伍一直排到了宣义门。在他们的护卫之中，国王和公主同辇进入都城。国学七管③诸徒、东西学堂④

---

①带有黄金的花饰的帽子。
②上级将校。
③又叫成均馆。教育贵族、高官的子弟的最高学府，是高丽模仿唐朝制度设立了国子监，后来改为国学。这里以培养官员为目的讲解儒学，设有周易、尚书、毛诗、周礼、春秋、武学等七个科目。
④元宗二年中央设置的相当于地方上各州郡的乡校。在这里接受教育，考试合格的可以进入上一级的教育机构十二徒，然后再从十二徒升学进入成均馆，即国学七管。

诸生们，给国王和公主作了赞歌在宫中演奏，以赞颂他们让所有的驻留军都撤走，给国家作出了难以想象的巨大贡献。

第三章

忠烈王从元回来后，即位以来第一次开始在没有感受到元使的压力下处理国政。达鲁花赤也被废除了，屯田经略司也一个不留都撤走了。常年苦于要为之供应粮饷的元的驻留军全部都已远离了国境。西海道的黄、凤、盐、白各州配置的元的驻留军，日本征讨战之后还驻屯在合浦的合浦镇戍军，还有属于忻都和洪茶丘率领的征东都元帅府的驻留军都撤走了，所以省出来的粮饷数量相当庞大。从屯田设立命令下达的至元八年三月以来，时隔七年，高丽的农民们亲手种出来的东西第一次没有被他国的士兵拿走。

在从元归国之后没多久的十月四日，忠烈王和金方庆商议之下，决心要把多年和元吏相通、危害国家的人除掉。首当其冲的就是密直使①李汾禧及其弟知申事②李栶。李汾禧兄弟是从元宗时代就开始活跃在宫中的宠臣，在金方庆的诬

---

①负责出纳、宿卫、军机的密直司的长官，从二品官。
②密直司的属官，和左承旨一样都是正三品官。

告事件中，他们是罪魁祸首，和洪茶丘狼狈为奸，一心想要除去金方庆，一直在背后操控韦得儒、卢进义等人。忠烈王把李汾禧、李栩分别流放到白翎岛和祖忽岛上，然后派人把二人扔进了大海。

接下来是把洪茶丘的党羽十六人流放到了海岛上，这些人也是大家憎恨的人物，包括清州牧使①孙世贞、同为清州的录事②池得龙等。

忠烈王于闰十一月派使者去到忽必烈那里就此裁决进行上奏。十二月五日断事官速鲁哥作为元使入国，就李汾禧兄弟被杀、孙世贞、池得龙等被流放到海岛以及将屯田军、镇戍军的妻女留置国内等事情进行询问。除了元使速鲁哥之外，住在东京的高丽人金甫成也在一行人中。宰臣中有认识金甫成的，知道他是洪茶丘新招的手下，和李汾禧兄弟也是至交。元使一行的突然出现让高丽的君臣们束手无策。无论是谁都能想到，洪茶丘在这次元使的派遣中明显起了很大的作用。

金方庆和其他宰相都很重视此事，对于事情的发展深感不安。忠烈王也一样。协商的结果是，忠烈王亲自入朝向忽必烈说明此事。高丽此时应该寻找一个万全之策，这是所有

---

①设置于重要的州郡、掌握兵权的官员。
②这里是指州的属官，掌管记录、文簿的官职。

人的意见。

于是从元归来仅两个月后，忠烈王就又踏上了入朝的旅途。他于十二月十三日离开开京。这次的一行人有一百人，和公主同行时的旅程不同，他们在连日的雨雪之中持续着高速行进的旅程。在该月二十九日便进入了燕都。

谒见没有立刻被批准。忠烈王只是被列入了新年的贺筵名单之中而已。他就这样度过了二十天左右无所事事的、不安的日子。一月十八日才获准谒见。

那一天，忠烈王进到燕都壮丽的王宫中见过忽必烈后，被引导着落座于右手边的座席之上。他看见几乎和自己面对面坐着的是洪茶丘、速鲁哥、金甫成等人。御使大夫[①]月列伦、枢密副使[②]孛剌两人也出现了，说是奉了圣上之命要对高丽王进行询问，王要据实回答。忠烈王沉默着郑重地低下了头。

"据忻都、洪茶丘奏言，屯田、镇戍两军回国时，妻儿都为官员所留。还有金方庆官高权重，多行不法。每为汾禧兄弟所逐，方庆唆使王杀之，这可是事实？"

质问的内容有二，一个是关于把屯田士兵的妻儿强留在高丽，另一个是关于杀李汾禧兄弟的事件。忠烈王对这两件

[①]负责监察的最高机构御史台的长官。
[②]与枢密院副使同。

事都进行了解释。关于前者,他是这么说的:

"臣去年夏天奉旨还国。关于官军撤退一事,和征东都元帅相谋而为之。至于官军的妻妾,调查其有无婚书,没有的则留于国中,非敢擅留。"

关于后者,则是这么说的:

"高丽朝廷在江华时,李汾禧常事于权臣金俊,后与林衍相谋杀金俊。林衍擅行废立,以危社稷,皆汾禧之谋也。其后臣袭位,汾禧兄弟每事不从臣命。故惩其罪,以戒后世。"

洪茶丘往前凑近一步说道,李汾禧兄弟或许有罪,但功亦不少。无论如何定下死罪也属措施失当了。对此,忠烈王说道:

"自古以来高丽便有高丽的规矩。何须受征东都元帅的指示?"

忽必烈沉默着听二人的互相问答,过了一会他说道:

"今天就先到这里吧!"

说完就站起身来。

隔了一天之后,洪茶丘和忠烈王的对质于一月二十日又在同一处场所进行。第二次时洪茶丘提出想得到官军的妻儿一百二十八人。这与其说是对质,不如说是让洪茶丘在公共的场合下对忠烈王提出要求。忠烈王拒绝了对方的这一要求,其理由是,官军的很多妻子都是屯田军、镇戍军士兵强娶的良民子女,很多妻妾并不希望追随丈夫。洪茶丘和忠烈王言辞激烈地对抗了一会儿,忽必烈说道:

"将士的妻妾如果已经有了儿女的就回到丈夫身边吧,没有的话就留在本国。"

这就算一锤定音了。忠烈王低头表示服从,洪茶丘也低下了头。

忽必烈又对忠烈王说道:

"高丽有高丽的规矩。按照那个来就可以了。只是在惩罚高官时要先上奏再执行。"

他就像是发布谕告一样地说了这番话。

两天后,忠烈王离开燕都踏上了回国的旅程。洪茶丘想以李汾禧的问题来祸害高丽的事件这下又告一段落了。忠烈王深感忽必烈依然又把温情施加到自己和高丽的头上了。他的话语中并没有任何的不满。要说这次入朝多少有点难以理解的地方,那就是忽必烈对洪茶丘的态度。试想一下,洪茶丘以金方庆的诬告事件为开始,在谈禅法会这件事上如此,还有这次的李汾禧事件上也是如此,只是徒劳地想把事情搅乱,以此来骚扰高丽,这种罪行不追究不行。但是忽必烈对此采取了漠不关心的态度。如果是洪茶丘以外的人这么做的话,毫无疑问,其言行就该被追责,但忽必烈对洪茶丘连一句叱责的话都没有。

尤其是第二次对质的时候,问题已经在前一次都解释清楚了,还要安排一次对峙,这完全是没有意义的。尽管如此,仍是安排了,只能认为是若是这样下去洪茶丘没法下台了,于是以他的意志来影响周围的人。

二月十日,王回国了。金方庆和其他的宰臣们都对事态没有扩大就得以解决而感到高兴。王回国之后,听说公主在自己入朝期间,每晚都让内府拿出乐器来命令伶官奏乐,宫中还造了层棚①,点了千盏灯,伶人所奏的音乐一直持续到凌晨。还让人把活的老虎运到庭院中来,公主爬上园亭去观赏。在忠烈王看来,这位客人已经是两个孩子的母亲了,那火爆的性格还是丝毫没有改变,不过倒是逐渐适应了在高丽王宫中的生活。

公主的怯怜口们不断地往来于元和高丽之间,一开始在王和宰臣们看来,怯怜口们的行动是把高丽的事情一点点泄露给元朝,因而令人沮丧,但现在多少有些不同了。元朝内的事情、中书省的动向等通过他们传了进来,这已经成为高丽君臣们喜闻乐见的事情。公主忽都鲁揭里迷失正逐渐从一

---

①大致是用于观看中国正月十五日晚举办的元宵灯节的山棚一样的东西。山棚又叫灯树,在长杆上插上无数的横木,使之像枝条一样伸出,在上面挂上灯,或是在一根高柱子上把圆形灯架像伞一样展开成圆锥形,在上面设置很多灯的装置。

名蒙古的客人变成高丽的王妃,怯怜口们也从元朝派遣来的密探这一性质逐渐向从高丽派到元的密探这一性质转变。

三月初,一名从元归来的怯怜口带回了重要的情报。那就是二月六日,宋的残兵败将在崔山岛①被剿灭,这样与元敌对的宋兵一个也没剩下了,仿佛久候多时似的,第二天的二月七日,忽必烈建造兵船以征讨日本的命令就下到了扬州、湖南、赣州、泉州四州。被下令建造的兵船数量是九百艘。于是,就好像突然从天上掉下来一样,暂时被高丽的君臣们忘掉的日本征讨一事又出现在了他们的眼前。

高丽立刻召开了宰枢会议。造船命令没有下达高丽,而是下到了元朝当中的四个州。对此,在座的人都感觉松了一口气。但是因为有着前次战役的惨痛经历,大家的心情就像是围坐成一圈,从四面八方观看一个被摆在中央的恐怖、麻烦的东西一般。谁都清楚,日本再征这件事又被提上了日程。高丽所面临的问题是,这次再征日本会给本国带来怎样的影响。对此有乐观和悲观两种看法。但从这一两年高丽和元的关系来看,显然持乐观看法的人更多。若是造船命令也下达高丽的话,当然元朝国内的四州也会同时被要求的。以忽必烈的性格来看,首先不可能让高丽做两次这样的事。这次的命令是建造舟舰九百艘,与前次战役中高丽所承担的数

---

① 原文如此,疑为"崖山"之误。

量相同。恐怕这和前次战役一样，可以视为这是再征日本时所需的所有舟舰的数量了吧？

还有一个将来会面临的问题，那就是征兵以及农民的征用问题。与元朝北方内乱结合起来考虑的话，或许高丽已经被排除在征兵的范围之外了吧？就算不是处在很外面的位置，至少现在忽必烈应该已经很清楚高丽的国力，应该不会再提出苛刻的要求了。出征军是否会经由半岛确实也是一个重要的问题，但是如果通过的话，很难想象忽必烈会把好不容易驻屯下来的各支军队都从高丽召回。所以，在这次再征日本的战役中，高丽可能不会再像前次那样，需要负担出征元军的粮饷了。

想法如此乐观，当然是因为元和高丽的关系非同一般。对于公主忽都鲁揭里迷失下嫁一事，没有比现在这个时候更能让高丽宰臣们感觉到如此踏实了。

完全站在悲观的立场上的人一个也没有。大家都觉得没有必要这么想。但如果不算是站在悲观的立场上的话，多少还是有几个人对此怀有恐惧的念头的。金方庆就是其中之一。金方庆持有这一想法的根据是，忽必烈最近对高丽主动所展示出的种种温情的态度。他总怀疑其中是否存在可以全盘相信的东西。虽然不能明确指出，但他总觉得其中有些无法释然的东西。还有一点，忠烈王在这个月入朝和洪茶丘对质时谒见了忽必烈,但他一点口风都没有跟忠烈王透露,那之后没多久就发布了这次的造船命令。就算忽必烈不想命令忠烈王造船,但关于再征日本的事情,哪怕提一句也好。

四月初,又有一个怯怜口从元回来了。他带回了关于二月末忽必烈从燕都临幸上都以及再征日本的命令已下达宋将范文虎的消息。但没有确切的证据表明范文虎接到了征讨日本的命令,在燕都也只止于传言而已,但是,似乎可以证明这一传言的是,范文虎把周福、栾忠两个使者以及一名日本僧人派往日本去了。

四月二十五日,忠烈王在这一年的年初以给健康状况不佳的公主寻访名医为由,将怯怜口卢英派到了元朝。实际上是因为忽必烈在那之后一直没有就再征日本的事与高丽有过任何的联系,对此他很是挂念,所以让卢英前去探求真相。卢英在第一个月报告了五月二十五日进入上都之后便杳无音信了。又过了一个月后,他突然于六月二十五日,带着两名医生回国了。

卢英立即前往王宫拜见了国王,在寒暄了一番之后,他说道:

"征东都元帅府接到省旨,给陛下下了一道命令。"

征东都元帅府的长官是洪茶丘。也就是说洪茶丘接受中书省的指示要给忠烈王传令。听到卢英说这番话时,忠烈王就有了一种不祥的预感，感觉很不舒服。

——敕造战船征日本，以高丽材用所出，即其地制之，令高丽王议其便以奏。

忠烈王什么都没说，只是盯着颇为事务性地传达命令的牒文发呆。无论读了多少遍，那上面分明写着的就是为了再征日本，特命高丽建造舟舰九百艘。

忠烈王立即招来宰枢传达了中书省的命令。一时间谁也说不出话来。大家心里抱有的天真的想法一瞬间就被击得粉碎。金方庆听了王所读的省旨，瞬间感觉体内火烧火燎地难受。同时，对于忽必烈的憎恨涌上了心头。被洪茶丘用铁索套到脖子上、被杖者鞭打以至于几次晕过去的时候都没有感觉到像现在这么憎恨过。

但只过了很短的时间，金方庆就冷静下来了。他觉得其实所有的事情都是很自然的，为什么之前自己竟然没有留意到这种如此昭然若揭的事情呢？忽必烈对于高丽王所要求的一切都那么慷慨，很大方地就满足了。现在忽必烈所要求的一切，高丽王无论如何也必须满足。忽必烈那样做是有目的的。金方庆眼前又久违地浮现出了忽必烈而不是其他任何人的脸，又久违地听到了忽必烈天生以来的真正的声音。那是在上一次战役时,眼中数十次数百次浮现的脸、耳中数十次数百次听到的声音。那是当有人在他面前时绝对不会让人看到的脸、绝对不会让人听到的声音。金方庆注意到,不知何时自己给忽略了。

金方庆开口跟忠烈王说话。他的声音颤抖着,时不时卡住,甚至都觉得没法再往下继续了,但没想到的是,还能接着说下去。

"省旨上写着议其便以奏。现在高丽应该马上派使者去上奏关于高丽的现状,哪怕稍稍能减轻一点点负担也好。要造九百艘舰船可不是那么容易的。在前一次战役中我们就建了九百艘战舰,为此山野之中连一根大树都没了。之后五年时间过去了,树木的生长程度是可以想象到的。这次必须要到人迹罕至的深山之中去找了。既然被命令建造战舰,那么士兵、水手、艄公的征召命令肯定也会下达。只要上面不同意减少一个人,那么高丽就见不到男人的身影了,包括老人和孩子。还有,我们还要给进入半岛的军队提供粮饷,这也是一件大事。在江南建九百艘,在我国又建九百艘,从舰船数量来看,这次要驻留在半岛上的部队肯定是前次战役无法相提并论的了。"

并非能言善辩的金方庆一个人持续说出这么长的一段话,这可是谁也没见过的。金方庆又接着说道:

"先王元宗和李宰相等人曾承担过的任务，这次必须由陛下和臣等来承担了。上次高丽总算完成了任务，这次也不是不可能做到。以今日此时为限，需要我们君臣一心，共当国难。好在仇视我国的人全都给除掉了，没有人再犯林衍、崔坦那种错误了。陛下今年四十四岁，先王是五十六岁驾崩的，想想，还有十岁的差距呢。臣作为宰相的首班，今年六十八岁，李宰相死去那年是七十二岁，相比较起来，臣还是很年轻的。现在宰相之中除了我和柳璥之外都还正值壮年，都可以挺身而出，保护百姓免受元使的皮鞭之苦。"

这次的宰枢会议上，除了金方庆谁也没说话。

第二天从凌晨开始宰枢们就聚集在一起了。这一天金方庆缄口不语，由其他的宰臣们发言。大家选出承旨赵仁规和怯怜口的印侯担任赴元使者。之后，也不知是谁提到了四年前杜世忠一行人的事，那是至元十二年三月，他们作为宣谕日本使离开都城，于当年四月乘顺风从合浦发船以来，一直杳无音信。是途中遇难了，还是到日本之后就被留置在当地了？其间的事无人知晓。一行中还有作为译语郎的高丽人徐赞，另外十几名水手也都是高丽人。从他们离开那年开始，宰相们每次聚会都会屡次提及，但不知何时起，他们出现在话题中的次数越来越少了。虽然都很关心他们是否安全，但再关心也没什么用。

这一天，杜世忠一行人的事情罕见地又被宰臣们重新提及了。若说还有什么东西可以避免高丽被摊派上日本再征的任务的话，那就取决于宣谕日本使一行回国后传达的远隔风涛的那个小岛国的态度了。只要日本宣誓服属于元，派使者前来呈递降表，那再征日本的事情就会立刻烟消云散的。修建舰船的命令会被撤销，征东都元帅会被解任，高丽现在面临的国难就会像潮水一样远远退去。

这件事一度成为话题之后，忠烈王和金方庆也不得不开始琢磨起这种可能性来。或许明天就会发生呢，谁知道。这段时间高丽一直以公主忽都鲁揭里迷失作为国家的守护符，有什么为难的事都去她面前诉说，现在唯有把仅存的希望放在杜世忠平安回国、以及回国之后听听他们传达了什么内容这件事上了。只是与依靠公主忽都鲁揭里迷失相比，杜世忠的事情更加显得不靠谱。公主忽都鲁揭里迷失是确切无疑的忽必烈的女儿，她的下嫁也是铁一般的事实，现在就作为忠烈王妃住在元成殿里。这么确切的事都没能拯救国难，把希望寄托在杜世忠一行人身上就更靠不住了。因此，宰臣们虽然对杜世忠一行的情况一直议论纷纷，但谁也不说什么把希望寄托在他们身上之类的话。大家只是嘴里说说而已，与不说相比，总觉得心里会踏实一些。

七月四日，关于兵船建造一事，中书省下达了更为详细的指示，同时，为了表达高丽一方的诉求，赵仁规、印侯两人作为使者赴元。

紧随其后，七月二十四日，密直副使①李尊庇、将军郑仁卿两人出使元朝。这次赴元的使者带去的上书文的内容如下：

——前次之使者赵仁规等申启修造船楫事，并请勿令元帅府监督。元帅茶丘与高丽有隙，百姓皆怨。若使监督，民必惊疑逃散，未易济事，乞善奏天聪。

八月初，高丽的君臣们寄予最后希望的杜世忠一行的消息传到了都城。说是从合浦屯所归来的杜世忠一行三十人中的艄公上佐、引海②一冲等四人已经到了合浦。隔了两天之后，由屯所的官员跟着的四个归国的人就进入了都城。他们都衣衫褴褛，苍老了许多，问其年龄后知道，都是三十多岁的人。据他们所说，一行人于四年前的四月初从合浦出发，四月十五日到达长门室津，在被留置在那里期间，五名使节被送到了镰仓，九月七日在那里被处斩了。只有上佐等四人

---

①密直司的次官。
②水路领航人。

得以幸免逃回。四人所说的差异很大，各说各话，但其他人赴日那年就全被问斩一事可以认定是事实。

负责询问的官员为上佐、一冲等人设了座位，让他们坐下来说，但四人就像商量好了一样站起身来，眼睛扫视着四周，嘴里还喋喋不休，似乎觉得自己随时可能会被杀。时值夏末，无数的汗水从四人晒黑的脸庞淌到脖子上。

王让郎将池瑄带着上佐等人赴元上奏事情的原委。池瑄从开京出发的同时，一支由十几名元使组成的队伍进入了都城。他们是负责前来检查高丽所拥有的武器的。

为了接收关于建造舟舰的详细指令而先期入朝的赵仁规、印侯二人于八月中旬回国。高丽的请求一个都没被批准，要建造的舟舰数量依然是九百艘。从八月末到九月初，召开了几次宰枢会议，其结果是，高丽要立即举国投入舟舰建造的工作。忠烈王将都指挥使派至庆尚、全罗两道负责舟舰建造，同时把负责征召工匠役夫的计点使①分派到忠清、庆尚、全罗、西海、东界、交州等诸道。高丽忽然又再度被卷入了举国再征日本的大风暴中。

在全国一片慌乱之中，从元派来的造船监督官、户郎②

---

①高丽的外职（是在地方上的官职，于中央政府的京官相对而言）之一。忠烈王六年时曾将之特地派遣到各道征集工匠、役夫。
②掌管郎中户卫（门卫）的官员。

答那、掌书记①哈巴那两人带着几十个官员入国来了。两位元使进到都城谒见了忠烈王之后，立刻在王族广平公谌的指引下赶赴造船据点庆尚、全罗两道。忠烈王忙于接待元使。答那、哈巴那送走几天后，视察站驿②的使者又在都城现身了。新出现的全国几十个地点的木材运出地，好几个大大小小的造船所，还有征召工匠、役夫的番所……高丽必须修筑把它们连接起来的道路，还必须在街上设置无数的站驿。和前次战役不同，高丽全国的人和土地都一天天地朝着同一个目标逐渐地被组织、被改造着。

这一年的二月，临幸上都的忽必烈在那里滞留了八个月后，于八月二日返回了燕都。之后于八月十三日召见了宋将范文虎。这件事在十月末时由从元归来的李尊庇、郑仁卿等向忠烈王传达。据说忽必烈在燕都召见范文虎，是想询问他再征日本的时期，但谁也不清楚这一传言的真伪。忽必烈本该在九月末十月初就知道元使杜世忠一行的消息了，但至今没有关于此的任何消息，也不知道忽必烈对此有什么反应。

第二年，也就是忠烈王六年、至元十七年（西历一二八

---

①是设置于军事重要场所的元帅府的附属官，负责文书的官员。
②和驿站同。为了实现防卫、军事上的准确而迅捷的传达，由成吉思汗创设，兼有宿驿和关卡功能。

零年），新年贺筵上出现了很多元吏的脸。其中作为造船监督官入国的答那、哈巴那两个蒙古人坐在最上座。先前高丽拒绝洪茶丘担任造船监督官，向中书省提出了申请，而这二人就是代替洪茶丘被派来的元吏。这一职位本来是应该由征东都元帅的长官洪茶丘来担任的。对于就再征日本所需承担的造船任务，高丽政府数次要求减少数量，但都未获批准，唯有洪茶丘一事被接受了。答那从新年贺筵的座席中起身，带着一个高丽的官员离开都城前往中书省接受造船指示去了。哈巴那也在第二天离开开京去全罗道视察造船情况。高丽的官员们从宰臣到下级官僚，连坐下来暖暖座位的工夫都没有，元吏们也是如此，他们在忙得晕头转向之中送走了一天又一天。

答那在三月时又来到了高丽，据他所说，二月忻都、洪茶丘作为征讨日本的将军请求即刻出征，但廷议时被压了下来，同样也是在二月，据闻忽必烈给范文虎赏赐了西锦衣①、银钞②、币帛等物品。听到这里，所有人都觉得派遣日本征讨军的日期已为期不远了。

对于忠烈王和金方庆来说，关于忻都、洪茶丘的出征志愿的传言让他们感到无比厌烦，如果和前次战役一样，忻

---

①西方产的用锦制作的衣服。
②银币。

都、洪茶丘还担任出征军指挥者的话，他们肯定会进入高丽的。既然现在这两人仍是征东都元帅府的首脑，那这就相当有可能了。还有传言说任命范文虎为征讨军将领的命令已经下达了，这也许是事实。从这年的年初开始，进入这个国家的元吏们就像商量好了一样，都在说半数的征讨军会以范文虎为大将，从江南出发，所以这事就像是已经确定了的事实一样，在上都和燕都传得到处都是。问题就只剩下乘坐高丽所造的船只的另一半的大部队的指挥者到底是谁了。如果是忻都、洪茶丘等人的话，那么高丽就又得经受和前次战役一样的痛苦了。高丽的百姓肯定会被他们征作士兵或是苦力的。

五月，高丽坚守的漆浦、合浦两地遭受了倭贼的侵寇，两地的渔民们被绑架。高丽派兵守卫南海，一幅内忧外患交替的景象。这次倭贼来寇平息后，忠烈王召见金方庆说：

"关于东征的事情，我们入朝受旨吧，你觉得怎么样？"

金方庆吃了一惊。表情紧张地看着国王的眼睛。这是金方庆完全意想不到的事情。高丽王自己主动表示要参与东征，这恐怕谁都想不到。但作为高丽王来说，他是经过了反复考虑之后才说出来的。高丽要想从前次的战役中逃离出来，只能考虑这样的方法了。

"在我还是太子的时候就开始模仿蒙古的习俗开剃辫发，

身着胡服,娶了胡人的公主,官制全都仿照蒙古的,官名也都改了。现在就算是入朝接受东征的旨意,百姓们也不会觉得奇怪吧?"

王说道。金方庆长时间沉默不语。他想了很久,最后流着泪说:

"这也是一个办法。臣愚钝,让陛下受了这么些苦,万分抱歉。"

说完,又换了种语气说道:

"这样做或许会柳暗花明。我们只是被命令建造舰船而已,还没有开始征兵和杂役,也许最近就会宣布的。在此之前,国王主动提出接受东征的旨意,忽必烈对高丽的看法或许也会改变,如果真能如此,那也就能防范洪茶丘之辈所带来的灾祸了。"

忠烈王接受东征旨意就意味着高丽要举国投入征讨日本的战役中去。这样很危险。但即使不这么做,高丽同样还是会被卷入这场战役之中。同样都是浴火,自己主动地跳进火坑中,这更符合死中求生的道理。而且,就像忠烈王自己所说的那样,国王自己主动站出来选择,这对国家的去向也很有好处。

六月初,忠烈王和金方庆商议之后便把将军朴义派到了元。这是为了上奏"东征之事,臣当入朝受旨"。朴义六月二十八日在上都拜见了忽必烈，七月二十二日便回国了。他一回国便直奔王宫参见，并报告说陛下亲自入朝一事已获批准。

王在那天的宰枢集会上，第一次宣布自己将亲自入朝接受东征之旨一事。忠烈王和金方庆都觉得一定会有人反对的，但最后居然一个反对的人都没有。在场的宰臣们都低下了头。等他们抬起头时，每一张脸上都有一种释然的表情。国家的方针就这样被明确固定了下来，就算前方道路再艰难，宰臣们都感觉已经获得了解放。

第四章

八月二日，强烈的阳光照射在开京的大街小巷上，仿佛能炙烤一切。忠烈王为了接受东征命令而踏上入朝之旅。随从仅有一百余人，以骑兵队护卫。以国王入朝来说，这显得过于寒酸了，但对于把他们送到郊外的宰臣们来说，这一天的国王看起来要比以往任何时候都显得更加威风。公主忽都鲁揭里迷失也带着侍女把国王送到了宫门前。虽然这不是花开的季节，但公主不知道从哪里收集到了像是紫色的桔梗一样不知名的小花，插在了自己头上，同时也让侍女们全都戴上。

一行人就像战场上的一支部队一样急速北上，流下的汗水打湿了马背。在离开开京数天前的七月二十九日，忠烈王就听说了宋将范文虎已经接到东征命令的消息。而在进入上都五天之前，听说忻都、洪茶丘也都在八月九日接到了东征的命令。忠烈王觉得自己的想法是正确的。既然忻都、洪茶丘都接到东征的命令了，那么要想从这一祸害中逃离出来，唯一办法就是自己也接到东征的命令，和他们对等，或者拥有比他们更大的权限。他们每五天就会找个地方换马继续急行。一行人进入上都已经是八月二十二日的傍晚了。

但忽必烈并不在上都，这一年的五月他移驾到新修建的察干努尔行宫了。忠烈王一行只在上都住了一晚，第二天一大早就出发赶往西南。察干努尔行宫位于秋高气爽的高原的一角。无数的营房绕行宫而建，附近一带是一个很大的村子。部队也在离行宫大约一里多远的地方安营扎寨。

八月二十六日，在忽必烈的命令下，忠烈王前往行宫参见了他。和上都、燕都那壮丽的皇宫相比，这里的规模要小得多，是按蒙古风格造起来的帐篷式的王宫。

忠烈王和范文虎、忻都、洪茶丘等已经接到了征日命令的诸位大将们同席。在席间，三个武将都被忽必烈授予了征东行中书省的官职。征东行中书省负责处理有关征日的所有事务，他们各自都是这个机构的长官。不管去到哪里，征东行中书省都会随之转移。

忠烈王知道了他们的作战方案。即，洪茶丘、忻都两人率领蒙古、高丽、汉人四万军队从合浦发船，范文虎率领南蛮军十万从江南出发，两军在日本的壹歧岛会合，直接杀向日本本土。洪茶丘和忻都进驻高丽，他们可以自由征召高丽兵、征用民工，被征的百姓们都归他们管，这些眼下都已成为确切无疑的事实。

乍看上去,范文虎怎么都不像是十万大军的总帅。忽必烈询问他时,他就弓着身子,把耳朵凑上去,用独特的动作来表示肯定或否定。肯定的时候把双手放低表示赞成,否定的时候缩着脖子,双手一起在脸的左右两边摇晃。忻都始终沉默着,毕恭毕敬地倾听忽必烈说话,洪茶丘大睁着这两三年来忽地变得更加锐利的双眼,上身始终保持挺直。他双耳很大,向左右展开,就像是为了能认真地听忽必烈所说的话一样。在席上可以清晰地听到洪茶丘所说的话。

忠烈王也希望获得东征的机会,他向忽必烈提了高丽方面的七个请求。

——以我军镇戍耽罗兵补东征之师。

——与高丽、汉两军相比,不如以蒙古军立于前线。

——勿加洪茶丘职,臣亦管辖征东行中书省之事。

——小国军官皆赐牌面①。

——汉地滨海者充为梢工、水手。

——遣按察使②视百姓疾苦。

——臣亲至合浦阅送军马。

---

①元代时授予的功劳牌,即勋章、军功章之类。
②负责地方行政检察的官员,元时在御史台之下各道都设置了(提刑)按察使,掌管劝农教化。

忠烈王一一详细地叙述了自己的理由。这是他反复思考过的，来自前次战役的经验，高丽希望忽必烈至少能答应这些要求。高丽既然被强制卷入不愿参与的征日之战，且接受了九百艘的舟舰建造工作，那么，提出这些要求和主张是极其合理的。忠烈王要求蒙古军站到一线上的时候，并没有忌惮忽必烈的意思，在明确说出希望不要给洪茶丘增加权限时，他也丝毫不顾忌坐在前排的洪茶丘。在忠烈王一一说明之后，忽必烈说道：

"让我想想。"

从忽必烈的嘴里没有说出更多的话语。只是，就像是作为舟舰建造的交换条件一样，忽必烈说出了公主忽都鲁揭里迷失的名字：

"小王子和小公主现在怎么样了？他们和公主长得真像。"

对此，忠烈王回答说，一天比一天可爱了，忽必烈点了点头，像是在说"就这样吧"一样，结束了当天的谒见。

等忠烈王回到宿舍之后，忽必烈的命令就到了，让他在时局变化多端之际早日回国。

三天后的八月二十九日，忠烈王离开行宫踏上了归途。一行人连日纵马狂奔，于九月十八日到达了开京。

忠烈王先把拜见忽必烈时的情形大致跟宰臣们传达了，然后决定等待忽必烈对自己提出的七条要求的回复。但忽必烈那边没有传来任何的消息，就这样进入了十月。

十月中旬的时候金方庆突然请求辞官。他考虑的是，鉴于自己和洪茶丘迄今为止的情形，今后必会反目。洪茶丘既然身处征讨军统帅之位，也许自己从朝廷中退出反而对国家更为有利。

忠烈王说道：

"卿虽年老，但对于现在的高丽来说是不可取代的宰相。怎能轻易就能隐退呢？现在东征事急，国家需要卿的这条命。"

金方庆又上书表达辞官之意，但忠烈王就是不许。

进入十一月后，前来视察造船情况的元使频繁入境。忠烈王渐渐明白过来，忽必烈不会答应自己的要求的。东征的命令不下，七条要求也被搁置起来了。东征日期虽然还没有公布，但显然早则半年、晚则一年之内出兵的命令肯定会下。想到不久洪茶丘就要进来了，忠烈王和金方庆都觉得心下黯然。

十一月八日，征东都元帅派来的使者到了，他传达了中书省的省旨。省旨中提到了忽必烈的命令，即，让高丽时刻准备好正规军一万、水手一万五千、兵粮十一万石，以备征日之需。高丽的君臣们虽然对此早有心理准备，但这个数量和他们所预期的差距还是相当大的。

从省旨下来的当晚一直到第二天，高丽的宰相们都没有离开过王宫的那个房间。会议一直没完没了。不管忽必烈的命令是什么的，结果只能是服从。九百艘舰船的建造工作已进入尾声，现在又来了一道命令，高丽的男人要绝了。而且不光是要交人，眼看就要收割的大米也落不到百姓的手里了。

以这次省旨下达之日为界，高丽完全不同了。阳光、天空的颜色、还有风的声音早已和昨天不一样了。高丽陷入了从未有过的混乱之中。金方庆想到自己辞官的事，就像是几天前做的一场梦一样。自己要征召士兵，再组织编队，除自己以外没人能胜任了。

省旨下来的第二天，忠烈王把金方庆任命为高丽军的总指挥。金方庆默默地接受了。他向王宣誓，同时也跟自己宣誓，保证毫无纰漏、圆满地完成重任。此时的金方庆已决心站到洪茶丘和高丽人民中间了。

忠烈王亲自撰写了上书给中书省的长文。这是一封试图把自己最后所有的意思都想展示给忽必烈的上奏文。忽必烈同意还是不同意都将决定高丽的命运。表文的内容是在察干努尔时他对忽必烈提的那些要求的重复。但这次的内容也表明了高丽能为日本征讨之战所负担的兵额，要明确告知高丽能够忍受的一切负担的极限。没有隐瞒一个兵、一粒米。如果有命令下来的话就按要求全力去实施。只是，这些事情不能在征东行中书省长官忻都和洪茶丘的支配下去做，希望忽必烈能给自己相应的权限。

——小国已备兵船九百艘，梢工、水手一万五千名、正军一万名，兵粮以汉石计者十一万，什物机械不可缕数。庶几尽力以报圣德。予昔在朝廷，尝以勾当行省事闻于宸所未蒙明降。窃念诸侯入相古之道也。辽金两国册我祖先为开府，仪同三司。予亦忝蒙圣眷，曾拜特进上柱国。以此忖度，诸侯而带上国宰辅之职古今有例。伏望善奏，教行省凡大小军情公事必与我商量然后施行，差发使臣以赴朝廷亦必使与贱介同往。小国连年不登，民皆乏食。所以军粮未曾尽意收贮。除见在兵粮七万七百二十七汉石外，内外公私俱竭，以此大小官员月俸、国用多般赋税悉皆收取，更于中外户敛，粗备四万汉石，过此难以应副。算得正军一万名一朔粮凡三千汉石，若夫大军多至三四万，其阔端赤亦且不小。又有梢工、水手，亦不下一万五千名。近得行省文字云："明年春首起程前去。"若令诸路官员沓来，不待青草，军粮尚为不敷，马料将何支应？又闻将以五六月放洋前去。我国每岁五六月霖雨不止，小有西风，海道雾暗。倘或淹留时日未果放洋，其接秋口粮，载船行粮又何能支。唯恐军民一时乏食。不以情实预先申覆，后有阙误利害非轻，请照验施行。小国一千军镇戍耽罗者，在昔东征时系本国五千三百军额。窃念小邦地偏人稀，军民无别。节次更添征讨军四千七百，深恐难以尽数应副。愿将前项镇戍一千军以补新添征讨军额。小国昔有达鲁花赤时，内外人户合用弓箭至于打捕户所有悉皆收取。又于昔东征时五千三百军赍去衣甲弓箭多有弃失，仅得收拾顿于府库，不堪支用。况今新佥四千六百军元无一物何以防身。伏望善奏，赐以衣甲五千、弓五千、弓弦一万，增其气力。小国军民曾于珍岛、耽罗、日本三处累有战功，未蒙官赏。伏望追录前功，各赐牌面以劝来效。①

除此之外，还具体列举了军额、兵粮、役民的数字，以及乞求赐给牌面的每位军民的名字。然后在结尾处提到了金方庆一事：

---

① "勾当"指专门担当处理该事。"宸所"指朝廷，天子所处的场所。"开府仪三司"是辽、金授予高丽的称号。"圣眷"是天子的眷顾。"特进上柱国"是元授予高丽的称号。"沓来"指频繁往来。"阙误"指不完整和错误。"打捕户"即"猎户"（以打猎为生，其猎物作为赋税上交）。"新佥"是新选的意思。

——陪臣中赞①金方庆,自供职以来,凡应奉朝廷诏命,一心尽力。又于珍岛、耽罗、日本等三处随官军致讨,累有捷功,宣授虎头牌奖谕答劳。今复管领正军一万、水手一万五千名,往征日本。若不参领军事,窃恐难以号令,或致违误。方庆年龄虽迈,壮心尚在,欲更尽力以答天恩,伏请善奏,许参元帅府勾当公事。

派赵仁规、印侯赴元的第二天,元使就来到了都城,传达了中书省要以绢二万匹交换高丽所承担的兵粮的旨意。不要这两万匹绢更好,现在这种情况下,米更为珍贵,哪怕再少。

从十一月到十二月,除了要建造舰船之外,高丽还得全力征召正规军一万、水手一万五千。为此国内的慌乱程度完全是前次战役不能相比的。

十二月王命金方庆作为贺正使入朝。他要派金方庆去侦察一下忽必烈关于东征的方案,以及高丽将会受何种影响。同时,也是为了最后奏报一次高丽的惨状。至元十八年对于高丽来说是很艰难的一年,金方庆以作为老臣再拼最后一次

---

①即中丞。官名。汉代御史大夫下设御史丞和御史中丞,掌管治图籍秘书,外督部刺史,内领侍御史,受公卿奏事,举劾按章。东汉以来,御史大夫转为大司空,以中丞为御史台升官。唐、宋两代虽然设置御史大夫,也往往缺位,而以中丞代行其职。高丽官制与中国相同。

的心态承担了指挥这场战役的重任。十二月上旬，他带着三十名左右的随从从开京出发。离开开京时恰好前一天下了雪，大地都被涂成白茫茫的一片。金方庆一群人就像是一条长长的锁链一样出了都城的大门。

十二月二十日，赴元的赵仁规、印侯派来的使者进入了开京。使者是归国途中的赵仁规、印侯安排先行赶回的。据这名使者所说，作为对忠烈王的答复，元承诺发给高丽兵铠甲战袍，另外，要求出征军队在通过高丽时不得扰民的命令也传达下来了。另外下面这条也是对王的要求的回答——任金方庆为征日本都元帅，密直司副使朴球、金周鼎为征日本军万户，赐虎符①。这道命令是十二月四日下达的。两天后的十二月六日，又来了任命忠烈王为中书左丞相的通知，七日，又有了授予忠烈王征日本军官元佩虎符②的消息。而赵仁规等人目前还在奉诏归国的途中。

就这样，忠烈王被授予了中书左丞相、行中书省事这些长长的官名，位列洪茶丘、忻都的上席。金方庆也当上了征日本都元帅，作为一军的指挥者可以拥有和洪茶丘、忻都同等的权限。就这样，高丽避免了像前次战役一样受洪茶丘的

---

①发兵之际授予司令官的牌符之一。一般为青铜所制，长度大约十厘米，形状似老虎蜷脚休息状，纵向对切一分为二使用。

②元佩即先前提到的至元十一年在征讨日本之际授予的虎符。这里是再次授予。

颐指气使了。舰船九百艘、正规军一万、水手一万五千、兵粮十一万汉石的任务虽然把高丽逼进了绝境，但此时忠烈王和金方庆得到的东西，是让高丽在濒死的状态中获得生存的希望，虽然这希望很渺茫。

十二月二十四日赵仁规、印侯从元返回。为了迎接二人携来的诏书，王率领百官赶赴西门城外。诏书中王要求的对所有臣僚的褒奖和晋升都得到了批准。

一月四日，日本行省右丞相①阿剌罕、范文虎、忻都、洪茶丘四将接到了出师的命令。这一天忽必烈在燕都的大明殿接受了群臣的朝贺。作为从高丽来的贺正使，金方庆参见忽必烈并道贺之后，参加了四品以上的官员才可以出席的宫殿宴会。忽必烈命金方庆坐在丞相的次席。他热情的脸上洋溢着笑容，说了一些安慰的话语之后，赐给了他白饭、鱼肉，说道：

"高丽人喜欢吃这个吗？"

金方庆来到燕都之后短短的时间内就见了忽必烈两次。第一次是在拜受征日本都元帅时为表谢意而参见忽必烈，另一回是被召来上奏高丽的军队状况和反映百姓的疾苦的时候。两次忽必烈的脸上都洋溢着那安详温暖的笑。

---

①是为了经略日本而设置的中书省，在战时可以不必等待中央政府的指令，而是根据情况行使军、民、财三种权限。

在这次大明殿的贺筵中,金方庆无论如何都笑不出来,他的脸上没过任何笑意,这和前两次赐谒时一样。在场的每个人脸上都带着笑,但只有金方庆没有。并不是他不想笑,而是无论如何都笑不出来。忽必烈的另一张脸一直在监视着老宰相。这样的金方庆在周围人的眼里看来,是殷勤、一味恭顺而耿直的武人。

侍宴三日之后,金方庆就要回国了。归国之际,他从忽必烈那里接受了东征的号令。他要和从江南出发的阿剌罕、范文虎率领的那十万人的第一军以及先赶赴高丽的合浦再从那里发船的忻都、洪茶丘率领的第二军在日本的壹歧岛会合,然后直指日本。作为第三军的高丽军始终都要和忻都、洪茶丘的第二军一起行动。金方庆还获赐了弓、矢、剑、白羽甲等,还获赐了要分给东征将士的弓一千、甲胄一百、战袍二百。

金方庆于二月初离开上都回国,将事情的原委上奏忠烈王,并随即以忠烈王的名义对高丽全军发出了出征的命令。

二月十日,元朝,出师的诸将们入宫参见忽必烈并辞行。席间,忽必烈向诸将说道:

始因彼国使来,故朝廷亦遣使往,彼遂留我使不还,故使卿辈为此行。朕闻汉人言,取人家国,欲得百姓土地,若尽杀百姓，徒得地何用。又有一事，朕实忧之，恐卿辈不和耳。假若彼国人至，与卿辈有所议，当同心协谋，如出一口答之。

忻都、洪茶丘等立即率领三万的蒙汉军从燕都出发，在他们进入高丽首都两天前的三月十六日，金方庆率军从开京出发了。忠烈王、公主忽都揭里迷失以及负责留守的一百来名官员在南门前列队相送。这一天金方庆带了两千名士兵，但合浦那里已经有五千人的部队在等候了，而在到达合浦之前的各个屯所处时，还会分别有几百几百的人陆续加入金方庆的队伍。

在阴暗的天空下，士兵们被分成三个集团，各自保持一定的间隔，从南门前的广场离开。沿街送别的都是老人和妇女们，除了那些有至亲的人在队伍中的之外，大家都漠不关心，脸上毫无表情。那些不关心或没表情的，都是已经在前几天或是数十天前告别了自己的丈夫或儿子的人们。一路上不时有高亢的悲鸣或者恸哭声忽然传来。伴随着那些声音的，还有趴在地上的老人。

从金方庆离开都城的那一天开始，开京就像是无人的都城一样安静。听不到军马的嘶鸣，也看不到士兵的身影。空空荡荡的街头巷尾只能看到孩子们的身影。孩子们模仿着胡国的童子们剃的头，有把顶上的头发编起来、像一根棒子一样垂下来的，还有没抛弃本国习俗、把前面的刘海垂下来、剪的很整齐的。孩子们习以为常地互相用身体碰撞、追逐打闹着。他们几乎清一色地脸色发青，手足肮脏，衣衫褴褛。

第二天，安静的都城大路上，有一队元使走了进来。他们手捧着下赐给忠烈王、封他为驸马国王称号的诏书。忠烈王站在城西门外迎接了这一行人。他在和公主忽都鲁揭里迷失于至元十五年入朝时已经从忽必烈那里获赐了"驸马高丽王"的金印，但还没获准正式使用该称号。现在可以光明正大、堂堂正正地使用了。忠烈王现在是大元帝国皇帝忽必烈的女婿，高丽国是忽必烈女婿的国家。国和国之间第一次成立了父子关系，这下以正规的形式获得了承认。元使一行走到了宽大的广场上，站在那里显得十分渺小。他们把装有诏书的筒状的大型铁制箱子摆在前面，双手捧着走了过来。元使到达的时候开始有小股的旋风在广场上刮。刚好在他们前方有沙尘被刮起，把元使包裹其间，等风平息下来，一行人的身影又出现了。此时元使们的身影变大了起来。

第二天，似乎死寂了两天的开京的街道上，突然有大群的兵马涌了进来。忻都、洪茶丘率领的三万名日本征讨军第二军来了。士兵们全副武装。兵马忽然占据了开京的街道，驻屯到每条大街小巷中。百姓们把房子提供给出征军住，自己孤零零地前往西郊山上的寺院一带。马的嘶鸣和士兵的喧闹隔着数里的山间都听得到。

忻都、洪茶丘进入都城的那天即刻前往王宫参见了忠烈王。忠烈王这一天才第一次南面而立着引见了两位元将。之前总是东西相对而坐，须得在对等的地位下相谈，这次就不同了。前些天刚刚收到了允许使用驸马国王称号的诏书，现在显然有身份的上下之别了。忠烈王是作为忽必烈的女婿、高丽国的国王接见他们的。他南面而坐，与他们相对。忻都刚开始时表情疑惑地四下扫视了一遍，而洪茶丘脸色一点都没变，他就像是很久之前以来一直都是这样似的，以极其自然的态度坐在那里。忠烈王坐在上座，而两位元将一句抱怨都没有，在场的高丽的臣僚们都感到非常高兴。他们还是第一次看到这种场景。

他们用很短的时间探讨了一下第二军和第三军的行动方案。对于这一方案，各自都是征东行中书省的长官，各自都有着同等的发言权。

两天之后的三月十日，忻都、洪茶丘率军南下。开京从那天开始又成为了只有老人和女人的、寂静的街道。

四月一日，忠烈王在亲卫队的护卫下离开京往合浦进发。忠烈王和亲卫队的士兵们都全副武装。一行人到达合浦是四月十五日。半岛的丘陵和岛屿划出了细长形的入海口，看不出海的出口在哪里。这一带到处挤满了舰船。这是花费了这个国家一年半的岁月、以人民的血汗建造出来的九百艘舰船。靠近港口的一座丘陵的斜面上全都被兵马覆盖了，蒙、丽、汉三种气质、脸形完全不同的士兵们各自分为几百人的队伍，驻屯在指定的场所。

忠烈王驻辇于能一眼就将合浦港尽收眼底的丘陵中腹的寺院中。到达当天和第二天都没能见着忻都、洪茶丘和金方庆这三名元帅。他们此刻正一刻不停地忙于乘船准备以及各种商议。

部队是从四月十七日的拂晓开始登船的，等结束时已是傍晚。靠近港口的三座丘陵的斜面上驻屯着的为数众多的士兵们被收入了漂浮在港湾的舰船之中，于是那天陆地上迎来了一个寂静的夜晚，忠烈王在所居住的寺院中第一次听到了海浪的声音。

十八日，一度被收入舰船中的全体将士们走下船来，在一个村子南边、也是附近最广阔的沙滩上集合。忻都、洪茶丘所率的蒙汉军三万人、金方庆所率的高丽军一万人排着整齐的队伍站在沙滩上。和高丽正规军一样，一万五千名水手、艄公也分为了几个集团排列在这里。忠烈王作为阅兵者骑着马从部队的前面走过。他的后面紧跟着忻都、洪茶丘、金方庆等三十名左右的指挥官。和蒙汉军相比，高丽军在服装上、携带的武器和武具上，还有士兵的举手投足上都相形见绌。组成队伍的士兵的年龄也参差不齐。有无论怎么看都像是年过六十的老兵，也有有着稚嫩脸庞和眼神的少年士兵。

阅兵结束两三天之后全体舰船就应该出航了。但天气的原因，又往后延了几天。出航的日子宣布了好几次，也更改了好几次。实际上九百艘的船队从合浦港出发已是五月三日凌晨。高丽的士兵们乘坐的二百艘的船队当中，一百五十艘作为头阵的船队先从港湾消失了，蒙汉军的全部舰船出发之后，在最后尾的又是高丽的另五十艘舰船。当舰船一艘不剩全都出动之后，小小的波浪互相碰撞着把整个港湾都吞没了。这是一个晴朗的日子，从海上吹过来的却是很不应时的、就像冬天回归了一样的寒风。

送别日本征讨军之后，忠烈王从五月到六月都驻辇在合浦。如果出征军有消息来的话，作为征东行中书省的长官就必须发出相应的指令。六月，忠烈王前往古新罗①的首都庆州。古老的首都荒废了，就像无人的都城一样安静。他在星

---

①四世纪半兴起于朝鲜半岛南部的三韩之一辰韩，六世纪初和百济、高句丽一起并称朝鲜三国。七世纪中期，百济、高句丽灭亡之后统一了半岛，但在九三五年被高丽所灭。

星点点散布着新罗王族陵墓平原荒野中打马飞奔，拜访了丘陵的脚底下的佛国寺。这里也荒芜了，宽阔的寺院里不见任何人影，释迦、多宝这两座有名的石造佛塔静静地沐浴在初夏的阳光中。忠烈王从庆州回到合浦就一直留在那里。七月时又一度返回了都城。在开京停留了大约一个月。闰七月，又从庆尚道南下合浦。在安宁府驻辇时，见到了合浦的屯所派来的使者。使者说出来的话让忠烈王难以置信。那就是，日本征讨军吃败仗了。具体情形不得而知，但据漂到合浦的残兵败将们所说，在日本的金海之战中，从合浦出航的四万名将士以及从江南出发的范文虎所率的十万大军，都在一夜之间遭受了暴风的袭击，全覆没了。

忠烈王到达合浦的三天之后，也就是闰七月十六日，金方庆所乘的船到达了港口。船已残破不堪，士兵们也都受了伤。

七月十九日，忠烈王派将军李仁赴元向忽必烈上奏战败的消息。在此前后，有好几艘破败的舰船开回了合浦。其中一艘是忻都、洪茶丘、范文虎所乘的舰船。

《高丽史》的金方庆传中记述如下：

——方庆与忻都、茶丘、朴球、金周鼎等发至日本世界村大明浦，使通事金贮檄谕之。周鼎先与倭交锋。诸军皆下与战。郎将康彦、康师子等死之。六月方庆、周鼎球、朴之亮、荆万户等与日本兵合战，斩三百余级。日本兵突进，官军溃，茶丘弃马走。日本兵乃退，茶丘仅免。翌日复战败绩。军中又大疫，死者凡三千余人。忻都、茶丘等以累战不利，且范文虎过期不至，议回军曰："圣旨令江南军与东路军必及是月望会壹歧岛，今南军不至，我军先到，数战船腐粮尽，其将奈何？"方庆默然。旬馀又议如初，方庆曰："奉圣旨赍三月粮，今一月粮尚在，俟南军来合攻，必灭之。"诸将不敢复言。既而文虎以蛮军十余万至，船凡九百余艘。八月，值大风，蛮军皆溺死。

随海水漂来的死尸堆满了合浦，这一场景在很长一段时间里都出现在金方庆的眼前，总也挥之不去。死尸都呈半裸状，头部像是插在水中一样沉在海里，尸体和尸体之间，苍黑的潮水摇晃着互相碰撞。有时候潮水会像一根柱子一样冲天而起。每当这时，潮水的飞沫就落在死尸群上。

败战的消息传到上都行宫忽必烈处已是闰七月二十九日。依忽必烈之命，忠烈王派潘阜慰劳了败军之将忻都、范文虎、洪茶丘等人。八月二十九日，忽必烈的敕令下达，让高丽提供粮食给那些残兵败将。八月末，忻都、洪茶丘、范文虎等离开开京返回元国。从这时候开始，元及高丽都担心日本军来袭，为此采取了一些措施。九月，元增加了耽罗的戍兵。十月十七日，高丽也设置了金州镇边万户府①，以怯怜口印侯为万户，同为怯怜口的张舜龙为管军总官。十一月，元把征讨留后军分别镇守庆元、上海、澉浦。

一年过去了，忠烈王八年、至元十九年一月五日，元宣布废除征东行中书省。一月十五日，高丽派使者赴元，乞求五百蒙兵驻屯金州。二月，元以蒙汉军一千人镇守耽罗。四月，四百名元兵进驻高丽。其中的三百四十名是镇守合浦的兵，剩下的六十名是守护都城开京的兵。高丽的兵力匮乏到了居然需要跟元兵乞求六十名士兵守护都城的地步。

其后，元征讨日本的企图也数次上议，但每次都无果而终。又到了至元三十一年（西元一二九四年），忽必烈薨逝，东征之事这才告终。

战后在元朝内发生了乃颜、哈丹等诸王的叛乱②，洪茶丘在征讨中立下大功，官至辽阳等处的行尚书省右丞③，在东征之役十年之后的至元二十八年染疾而终。

---

①高丽被元朝统治之后，被编成了包括万户、千户和百户等组织的蒙古风格的国军。此镇边万户府是为了防备日本军来袭而新设置于金州的。
②对忽必烈的政策执批判态度的东方诸王响应海都（？—1301）的叛乱起兵，忽必烈亲自前往镇压，乃颜被杀，哈丹遁走高丽，最后投水自尽。
③设置于辽阳的、尚书省的地方派出机构。右丞为其长官。

洪茶丘死后三年，忽必烈薨逝，又三年后，公主忽都鲁揭里迷失驾崩。她在那一年和忠烈王一起赴元入朝，五月回国，看到寿宁宫的芍药当时正盛开着，命人折下一枝，把玩许久，无限感泣，之后患疾而终。年三十九岁。

金方庆在战后上书辞官在野，在公主死后三年的忠烈王二十六年（西元一三零零年）以八十九岁的高龄死去。至老也未生白发。依其遗言葬于安东，但因受人谗言，未获礼葬。之后忠烈王对此悔恨不已。

高丽虽然没能从再度征讨日本的伤痛之中恢复过来，当然，忠烈王的晚年也充满了苦难。在元朝乃颜、哈丹等诸王叛乱期间，高丽受到波及，被叛军入侵，一时间不得不又把都城移至江华岛。另外，忠烈王和太子源不和，他的宠臣被杀了几十人，甚至一度被从王位上拉下来。公主忽都鲁揭里迷失去世后，在此之前一直害怕公主而移居别宫、长期不能和王相会的贞和宫主生下了两人的女儿。至大元年（西元一三零八年）忠烈王薨逝。享年七十三岁。

译后记

本书的翻译出版，首先要感谢我的师妹蔡春晓。当她询问我有无兴趣翻译《风涛》一书时，我满口答应。原因在于，《风涛》所探讨的忽必烈东征、日称"蒙古袭来"，与我本人的研究有着紧密的联系。我关注的是江户时代众多有关壬辰战争，即丰臣秀吉侵略朝鲜的战争的文艺作品，所谓"朝鲜军记"。而"蒙古袭来"作为壬辰战争前史，作为侵朝的理由被众多日方文献屡屡提及，如"异国侵略我国（蒙古袭来）之事古来数度有之，而我国侵略异国之事，不曾耳闻"，其目的是为侵朝行为开脱，主张是出于主动消除外敌威胁的正当性。而忽必烈军队两次因遭遇"神风"而覆没一事，更被视作日本"神国论"的完美论据而津津乐道。

我是在接到翻译任务后才开始阅读这篇小说的。原以为这会是一幅相当宏大的战争绘卷，描绘的是涉及数十万人的惨烈的战争场面，不料作者的用意根本不在于战争本身，而是着眼于处于蒙古高压下、处于战争风暴前夕高丽君臣们的各种反应,只有一场场入朝、出使,各种政治暗流的涌动、各种政治派别的角力,战争场面的叙述被一一略过,最高潮的元日两军作战的场面几乎没有提及,只说满载元军士兵的战船开出去,第二天却等回了海面上漂浮着无数战船的残骸云云。

如果期待的是一部类似于《平家物语》那样的军记物语或者战争小说,那么这篇小说无疑会让人感到失望。这里没有惊心动魄的作战场面,只有战争背景下人们的迷茫、努力、抗争和失意。

但这就是历史小说——或更具体地说——是西域小说的魅力所在。在广袤的空间和漫长的时间中,特定的人们试图努力地去对抗严酷的大自然和滔滔的历史洪流。他们的力量也许很弱小,努力也许只是徒劳,但他们的所思所想,所作所为,分明又体现着一种诗意的壮美、寂寥和命运的无常感。

《风涛》创作于1963年,是井上靖一系列西域小说的收官之作。作品名称来自于元世祖忽必烈颁发给高丽国的诏书中的一句"勿以风涛险阻为辞",其用意是鞭策高丽不得推诿出使日本的责任,要担负起充当侵略日本的排头兵的职责。"风涛"一词也是串联全文的关键词,横亘于使臣和日本统治者之间的海域上掀起的是风涛,导致东征元军覆灭的是风涛,元国统治者针对高丽国君臣挑起的多次事端亦是风涛，可以说整篇作品充斥着一阵阵的惊涛骇浪。日本文艺评论家筱田一士认为该作品"技法娴熟，内容充实，很适合作为井上靖对其西域小说系列的'总决算'"。

历史小说需要兼顾史实还原与小说趣味。《风涛》以史实为素材创作，其中许多故事来源于《高丽史》和《元史》，而高丽和元国之间的往来书函有不少是原文照搬了《高丽史》和《元史》中的内容，可见井上靖在创作时已经广泛阅读了史料，从这个意义上说，将《风涛》作为二次性史料看待亦无不可。但比起还原历史事实，井上靖更重视小说的艺术性与趣味性。在历史记载的框架之下，他在其中融入了许多的想象和虚构，以激活单调乏味的历史文献，为小说增添了艺术性和趣味性。尤其是对高丽王元宗、忠烈王以及谋臣李藏用、金方庆的心理活动刻画详尽，人物形象饱满生动，体现了作者娴熟的文学技巧。另外，作者在作品中融入了许多个人的史观，在叙事的过程中——铺陈开来，通过阅读其作品，就能了解作家的思想，就等于与作家进行了一次深层次的对话。了解井上靖的思想，本书必读。

鉴于历史小说这一题材的特殊性，关于井上靖和其作品的评价褒贬不一，评论并非一边倒。有评论家认为其太过于主观臆断缺乏真实客观性，过于注重小说的趣味性，很难划定为历史小说，也有评论家认为他巧妙地把握了史实与虚构的平衡。对此,作家王蒙在《井上靖与西域小说集》(作家出版社 1988)的序文中曾有过论述:"他写得深沉、细腻,……同时他又写得相当平淡……作品中表达出一种悲天悯人的心肠,一种超越最初的情感波澜的宁静,一种饱经沧桑的对历史、对社会、对人生的俯视,一种什么都告诉了你了的直截了当,同时什么也没有告诉你的彬彬有礼。他的风格很独特,很有味儿。"

私以为,然也。平淡,但有味儿,这也是我在翻译的过程中感受到的。初读《风涛》,也对其平淡略感讶异,但在边读边翻译的过程中,讶异之心渐渐被填埋、充实、垒高,加之也有众多名家对其价值的肯定,故斗胆请允许译者在此心安理得地说一句,这部小说很值得一读。

如果读起来感觉索然无味,并无一得,那也许就是译者的问题了。说起来,在成稿的过程中,译者没少给重庆出版社的编辑魏雯女士添乱,许多拗口的表达,承蒙她的指正才得以一一展平,在这里借一席之地谨表谢意。另外,期待关注井上靖作品的读者朋友们多多提出宝贵意见。

——覃思远

附录　井上靖年谱

1907年（明治四十年）
5月6日，出生于北海道上川郡旭川町，父亲井上隼雄，母亲八重，井上靖为二人的长子。
祖父井上洁。井上家是伊豆汤岛的医生世家。母亲八重是家中的长女。父亲隼雄为井上家赘婿。

1908年（明治四十一年）　1岁
父亲井上隼雄出征前往韩国，井上靖同母亲搬至伊豆汤岛。

1909年（明治四十二年）　2岁
因父亲调动工作，迁居至静冈市。

1910年（明治四十三年）　3岁
9月，妹妹出生，和母亲一起搬至汤岛。

1912年（明治四十五年）　5岁
父母离开汤岛，将井上靖交由其户籍上的祖母加乃抚养。加乃是已故的祖父井上洁的小妾，此时已入籍井上家，在法律上是井上靖的祖母，平时独居于仓库中。井上靖与加乃的感情十分深厚。

1914年（大正三年）　7岁
4月，入读汤岛寻常高等小学。

1915年（大正四年）　8岁
9月，曾祖母阿弘去世。

1920年（大正九年）　13岁
1月，祖母加乃去世。2月，来到父亲的任地浜松，和父母一起生活。转学至浜松寻常高等小学。4月，入读浜松师范附属小学高等科。

1921年（大正十年）　14岁
4月，以第一名的成绩考入静冈县立浜松中学，担任班长。同年，父亲前往中国东北工作。

1922年（大正十一年）　15岁
3月，因为父亲被内定为台湾卫戍医院院长，因此寄居于三岛町的姨妈家中。4月，转学至静冈县立沼津中学。

1924年（大正十三年）　17岁
4月，因家人全都去了台湾的父亲身边，所以被托付给三岛的亲戚照顾。夏天,旅行去台北看望父母亲。此时,受老师和友人的影响,开始对诗歌、小说等产生兴趣。

1925年(大正十四年) 18岁
学校发生了学生闹事事件,被认为是带头闹事者之一,被强制搬入了附近的农家,处于老师的监视之下。

1926年(大正十五年·昭和元年) 19岁
2月,在沼津中学《学友会会报》上发表短歌《湿衣》九首。3月,从沼津中学毕业。前往台北的家人身边,但因父亲调任,又搬家至金泽,为高中入学考试做准备。

1927年(昭和二年) 20岁
4月,入读金泽第四高中理科甲类。加入柔道部。同年,征兵检查甲种合格。

1928年(昭和三年) 21岁
5月,应召加入静冈第三四联队,但因为在柔道活动中肋骨骨折,退伍回家。7月,参加在京都举行的柔道高中校际比赛,进入半决赛。8月,拜访住在京都的远亲足立文太郎,初见其长女足立文。从这一时期开始创作诗歌。

1929年(昭和四年) 22岁
2月,在诗歌杂志《日本海诗人》上发表《冬天来临之日》。此后,到1930年年底为止,一直在该杂志上发表诗歌。4月,担任柔道部的队长,但不久便退出了柔道部。5月,加入由福田正夫主办的诗歌杂志《焰》,到1933年5月左右为止,一直在该杂志上发表诗歌。同时还活跃于《高冈新报》、《宣言》(内野健儿主办的无产阶级诗歌杂志)、《北冠》等刊物上。

1930年（昭和五年） 23岁
3月,从四高毕业。4月,入读九州帝国大学法文学部英文科,搬至福冈,但是不久就对大学生活失去了兴趣,前往东京,醉心于文学。从9月开始,放弃使用笔名井上泰,改为自己的本名。10月,从九州帝国大学退学。12月,在弘前,与白户郁之助等人一起创刊同人杂志《文学abc》。

1931年（昭和六年） 24岁
3月,父亲在军医监(少将)的职位上退休,在金泽住了一段时间之后,退隐于伊豆汤岛。

1932年（昭和七年） 25岁
1月,杂志《新青年》上征集平林初之辅的未完遗作——侦探小说《谜一般的女人》的续集,以冬木荒之介的笔名参加征集并入选。此后,不断参加《侦探趣味》《SUNDAY每日》等主办的有奖小说征集活动并入选。2月,应召入伍,半个月后退伍。4月,入读京都帝国大学文学部哲学科,但是基本不去听课。从同年夏天开始,诗风发生改变,从分行诗转向散文诗。

1933年（昭和八年） 26岁
9月,以泽木信乃为笔名,小说《三原山晴夫》参加《SUNDAY每日》的"大众文艺"征集活动,被选为优秀作品。11月,《三原山晴夫》被大阪的剧团"享乐列车"改编成剧目并上演。

1934年（昭和九年） 27岁
3月,以泽木信乃为笔名,参与《SUNDAY每日》的"大众文艺"征集活动,小说《初恋物语》当选。4月,以大学在读的身份加入新成立的电影社脚本部,往返于京都和东京之间。

1935年（昭和十年） 28岁
6月,在《新剧坛》创刊号上发表首部戏曲创作《明治之月》。8月,与友人创刊诗歌杂志《圣餐》。10月,以本名参加《SUNDAY每日》的"大众文艺"征集活动,侦探小说《红庄的恶魔们》当选。《明治之月》在新桥舞剧场上演。11月,与足立文结婚。

1936年（昭和十一年） 29岁
3月,从京都帝国大学哲学科毕业。7月,参加《SUNDAY每日》的"长篇大众文艺"征集活动,《流转》当选为历史小说第一名,并获第一届千叶龟雄奖。以此获奖为契机,8月就职于每日新闻大阪总部。在《SUNDAY每日》编辑部工作。10月,长女儿世出生。

1937年（昭和十二年） 30岁
6月,成为学艺部直属职员。9月,应召为中日战争候补人员。《流转》被松竹公司拍成电影。被编入名古屋第三师团派往中国北部,11月,患上脚气病,被送进野战预备医院。

1938年（昭和十三年） 31岁
3月,因病提前退伍。4月,回到每日新闻大阪总部学艺部工作。负责宗教栏目。10月,次女加代出生,但不久就夭折了。

1939年(昭和十四年) 32岁
除宗教栏目外,开始同时负责美术栏目。专注于对佛典、佛教美术等相关内容的取材。

1940年(昭和十五年) 33岁
与安西东卫、竹中郁、小野十三郎、伊东静雄、杉山平一等诗人交往。9月,因职务调整,转至文化部工作。12月,长子修一出生。

1942年(昭和十七年) 35岁
在出版社工作的同时,还在京都帝国大学研究生院进行研究活动。

1943年(昭和十八年) 36岁
1月,《大阪每日新闻》与《东京日日新闻》合并,成立《每日新闻》。4月,与浦上五六合著的《现代先觉者传》发行,所用笔名为浦井靖六。10月,次子卓也出生。

1945年(昭和二十年) 38岁
1月,成为每日新闻社参事。因为学艺栏被裁掉,4月,调动到社会部工作。岳父足立文太郎去世。5月,三女佳子出生。6月,家人被疏散到鸟取县。每天从大阪茨木出发去上班。8月15日,撰写终战文章《听完玉音广播之后》。12月,将家人托付给妻子娘家足立家照顾。

1946年(昭和二十一年) 39岁
1月,就任大阪总社文化部副部长。再次开始诗歌创作。

1947年（昭和二十二年）　40岁
以井上承也为笔名,参加《人间》第一届新人小说征集活动,9月,小说《斗牛》在当选作品空缺的情况下,入选优秀作品。4月,兼任大阪总社评论员。8月,家人迁居至汤岛。

1948年（昭和二十三年）　41岁
1月,完成小说《猎枪》的创作,参加了《人间》第二届新人小说征集活动,但没有入选。2月,协助竹中郁等人创刊诗歌童话杂志《麒麟》,负责挑选诗歌。4月,任东京总社出版局书籍部副部长,独自一人前往东京,暂居于葛饰区奥户新町妙法寺。

1949年（昭和二十四年）　42岁
10月、12月,接连在《文学界》上发表《猎枪》《斗牛》。

1950年（昭和二十五年）　43岁
2月,《斗牛》获第22届芥川文学奖。3月,就任东京总社出版局代理负责人,专注于创作。4月,在《新潮》上发表短篇小说《漆胡樽》。5月开始在《夕刊新大阪》上连载第一部报刊小说《那个人的名字无法说出》。7月,长篇小说《黯潮》开始在《文艺春秋》上连载。8月,《井上靖诗抄》发表于《日本未来派》。

1951年（昭和二十六年）　44岁
1月,开始在《新潮》上连载长篇小说《白牙》(至5月)。5月,从每日新闻社辞职,成为社友。专心从事文学创作。8月,开始在《SUNDAY每日》上连载《战国无赖》,在《文艺春秋》上发表《玉碗记》。10月,在《新潮》上发表《某伪作家的一生》。

1952年（昭和二十七年） 45岁

1月,开始在《妇人画报》上连载《青衣人》(至同年12月),7月,开始在《新潮》上连载《黑暗平原》。

1953年（昭和二十八年） 46岁

1月,开始在《ALL读物》上连载《罗汉柏物语》,5月,开始在《周刊朝日》上连载《昨天和明天之间》。7月,在《群像》上发表《异域之人》。10月,开始在《小说新潮》上连载《风林火山》。12月,在《别册文艺春秋》上发表《古德鲁先生的手套》。

1954年（昭和二十九年） 47岁

3月,开始在《朝日新闻》上连载《明日将至之人》,在《群像》上发表《信松尼记》,在《中央公论》上发表《僧行贺之泪》。

1955年（昭和三十年） 48岁

1月,在《文艺春秋》上发表《弃媪》。从昭和29年度下半期(第32届)开始担任芥川奖的选考委员。8月,开始在《别册文艺春秋》上连载《淀殿日记》(后改名为《淀君日记》),开始在《小说新潮》上连载《真田军记》。9月,开始在《每日新闻》上连载《涨潮》。10月,由新潮社出版新著长篇小说《黑蝶》。

1956年（昭和三十一年） 49岁

1月,开始在《新潮》上连载长篇小说《射程》,11月,开始在《朝日新闻》上连载《冰壁》。

1957年（昭和三十二年） 50岁

3月,开始在《中央公论》上连载《天平之甍》。10月,开始在《周刊读卖》上连载《海峡》。正在连载的《冰壁》引起了社会热议,成为畅销书。10月末,开始了首次中国之旅,为期近一个月时间。

1958年（昭和三十三年） 51岁
2月,凭借《天平之甍》获艺术选奖文部大臣奖。3月,在《中央公论》上发表《满月》。5月,在《世界》上发表《幽鬼》。7月,在《文艺春秋》上发表《楼兰》。10月,在《群像》上发表《平蜘蛛釜》。

1959年（昭和三十四年） 52岁
1月,开始在《群像》上连载《敦煌》。2月,凭借《冰壁》等作品获日本艺术院奖。5月,父亲井上隼雄去世。7月,在《声》上发表《洪水》。10月,开始在《文艺春秋》上连载《苍狼》,在《朝日新闻》上连载《漩涡》。

1960年（昭和三十五年） 53岁
1月,开始在《主妇之友》上连载《雪虫》。7月,受每日新闻社派遣前往罗马奥运会采风,周游欧美各国,11月末回国。《敦煌》《楼兰》获每日艺术大奖。

1961年（昭和三十六年） 54岁
1月,与大冈升平就《苍狼》产生论争。在《东京新闻》晚报等连载《悬崖》。6月末开始进行为期约半个月的访华。10月开始在《周刊朝日》上连载《忧愁平野》。12月,《淀君日记》获野间文艺奖。

1962年（昭和三十七年） 55岁
7月,开始在《每日新闻》上连载《城砦》。

1963年（昭和三十八年） 56岁

2月,开始在《妇人公论》上连载《杨贵妃传》,在《ALL读物》上发表《明妃曲》。4月,为创作《风涛》,前往韩国进行为期约一周的采风。6月,在《文艺》上发表《宦者中行说》。8月,开始在《群像》上连载《风涛》。9月末开始,进行为期约一个月的访华。

1964年（昭和三十九年） 57岁

1月,成为日本艺术院会员。2月,《风涛》获读卖文学奖。5月,为创作《海神》,前往美国进行为期约两个月的旅行采风。9月,开始在《产经新闻》上连载《夏草冬涛》。10月,开始在《展望》上连载《后白河院》。

1965年（昭和四十年） 58岁

5月,在苏联境内的中亚地区进行了为期约一个月的旅行。11月,开始在《朝日新闻》上连载《化石》。

1966年（昭和四十一年） 59岁

1月,分别开始在《文艺春秋》上连载《俄罗斯国醉梦谭》,在《世界》上连载《海神(第一部)》,在《太阳》上连载《西域之旅》。

1967年（昭和四十二年） 60岁

6月,开始在《每日新闻》晚报上连载《夜之声》。夏,受夏威夷大学邀请担任夏季研究班讲师,前往夏威夷旅行。诗集《运河》刊行。

1968年（昭和四十三年） 61岁

1月,开始在《SUNDAY每日》上连载《额田女王》。5月,前往苏联进行为期约一个半月的旅行,为《俄罗斯国醉梦谭》采风。10月,《西域物语》开始在《朝日新闻》周日版连载。12月,《北之海》开始在《东京新闻》等刊物连载。

1969年（昭和四十四年） 62岁
1月,分别开始在《世界》上连载《海神(第二部)》,在《太阳》上连载《西域纪行》。4月,就任日本文艺家协会理事长。《俄罗斯国醉梦谭》获新潮日本文学大奖。7月,在《海》上发表《圣者》。8月,在《群像》上发表《月之光》。

1970年（昭和四十五年） 63岁
1月,开始在《日本经济新闻》上连载《榉木》。9月,开始在《读卖新闻》上连载《方形船》。

1971年（昭和四十六年） 64岁
1月,开始在《文艺春秋》上连载美术游记《与美丽邂逅》。3月,前往美国进行约两周的旅行,为《海神》采风。5月,开始在《朝日新闻》上连载《星与祭》。诗集《季节》刊行。

1972年（昭和四十七年） 65岁
9月,开始在《每日新闻》晚报上连载《年幼时光》。由每日新闻社主办的"井上靖文学展"举行。10月,开始在《世界》上连载《海神(第三部)》。新潮社版《井上靖小说全集》(共32卷)开始出版发行。

1973年（昭和四十八年） 66岁
5月,前往阿富汗、伊朗等地进行为期约一个月的旅行。11月,母亲八重去世。沼津骏河平开设井上文学馆。

1974年（昭和四十九年） 67岁
1月,开始在《文艺春秋》上连载游记《亚历山大之道》。开始在《每日新闻》周日版上连载随笔《一期一会》。9月末开始为期约两周的访华。

1975年（昭和五十年） 68岁
5月,作为访华作家代表团团长,在中国进行了为期约20天的旅行。

1976年（昭和五十一年） 69岁
2月,前往欧洲进行为期约一周的旅行。6月,前往韩国进行为期约10天的旅行。11月,获文化勋章。进行为期约两周的访华。诗集《远征路》刊行。

1977年（昭和五十二年） 70岁
3月,用约10天的时间历访埃及、伊拉克等地。8月,进行为期约20天的访华,前往新疆维吾尔自治区。11月,开始在《每日新闻》上连载《流沙》。

1978年（昭和五十三年） 71岁
1月,开始在《文艺春秋》上连载《我的西域纪行》。5月至6月间访华,首次到访敦煌。

1979年（昭和五十四年） 72岁
3月,每日新闻社主办的"敦煌——壁画艺术与井上靖的诗情展"在大丸东京店等地举行。从夏到秋,跟随电影《天平之甍》摄影组、NHK丝绸之路采访组等多次前往中国、西域等地旅行。

1980年（昭和五十五年） 73岁
3月，和平山郁夫一起参观印度尼西亚婆罗浮屠遗址。4月末开始，和NHK丝绸之路采访组一起行走于西域各地。6月，任日中文化交流协会会长。8月，访华。10月，和NHK丝绸之路采访组一起获菊池宽奖。获佛教传道文化奖。

1981年（昭和五十六年） 74岁
1月，开始在《群像》上连载《本觉坊遗文》。4月，开始在《太阳》上连载随笔《站在河岸边》。5月，任日本笔会会长。9月末，在夫人的陪伴下前往中国旅行，为创作《孔子》采风。10月，就任日本近代文学馆名誉馆长。获放送文化奖。

1982年（昭和五十七年） 75岁
5月，《本觉坊遗文》获新潮日本文学大奖。同月末、11月末、12月末到次年初，三次前往中国旅行。出席巴黎日法文化会议。

1983年（昭和五十八年） 76岁
6月（两次）和12月访华。

1984年（昭和五十九年） 77岁
1月至5月，由每日新闻社主办的展览"与美丽邂逅 井上靖 无法忘却的艺术家们"在横滨高岛屋等地举行。5月，作为运营委员长主持国际笔会东京大会。11月，访华。

1985年（昭和六十年） 78岁

1月,获朝日奖。6月,在夫人的陪伴下,和《俄罗斯国醉梦谭》摄影组一起访问苏联。10月,访华。

1986年（昭和六十一年） 79岁

4月,访华,被授予北京大学名誉博士称号。9月,因食道癌在国立癌症中心住院,接受手术治疗。

1987年（昭和六十二年） 80岁

5月,在夫人的陪伴下前往法国,并游历欧洲各地。6月,开始在《新潮》上连载最后的长篇小说《孔子》。10月,访华。

1988年（昭和六十三年） 81岁

5月,前往中国进行为期10天的旅行,访问孔子的家乡曲阜,为创作《孔子》采风。这是他第27次中国之行,也是最后一次。诗集《旁观者》刊行。

1989年（昭和六十四年·平成元年） 82岁

12月,《孔子》获野间文艺奖。

1991年（平成三年）

1月29日,在国立癌症中心去世。2月20日,在青山斋场举行葬礼,戒名:峰云院文华法德日靖居士。